Ludwig Weibel
Seinsbewusst in Geistesräumen
Ich schau in dir Mich selber an

Books on Demand

Bibliographische Information der Deutschen Nationalbibliothek. Die Deutsche Nationalbibliothek verzeichnet
diese Publikation in der deutschen Nationalbibliographie,
detaillierte bibliographische Daten sind im Internet über
http://dnb.dnb.de abrufbar.

© 2020 Autor: Ludwig Weibel
Herstellung und Verlag:
BoD – Books on Demand, Norderstedt
ISBN 9783751934817

Ludwig Weibel

Seinsbewusst in Geistesräumen

Inhalt

1

Liebenswürdigkeit des Universensein

1.1

Entscheidend ist die Perspektive, aus der heraus Ich Welt und All betrachte und bewundere oder denn verachte, weil Ich alles, was da *ist*, für überflüssig halte. Meine Ansicht hält dafür, dass eine Leistung vorliegt, die mit ausserordentlichem Lob bedacht, besungen und beredet werden muss von denen, die den Eigenwert, die Grazie, Beständigkeit und Liebenswürdigkeit des Universenseins erkannt und allerhöchstens anerkannt und gutgeheissen haben.

Wer bist du denn, um dir ein Urteil anzumassen über das, was Ich geschaffen und mit dem Siegel der Vollendung ausgestattet habe? Ich schau in dir Mich selber an, doch ist dein Blick und damit Meiner noch getrübt und wie verklebt und kann die höchste Herrlichkeit von Meinem Sein und damit von dem deinem nimmer konstatieren. Dies Verhängnis hängt noch schwer und schwierig über dir in deinem Irrwitz, mehr an deine Eigensinnigkeit als an Mein Weltenresümee zu glauben.

Aus Gründen der Erbauung und Beförderung erkläre Ich dir Meines Seiens alles überragende und geisterfüllte Vision, deren Sinn und Zweck darin besteht, aus Mir hinauszutreten und Mein Sein damit in seiner überragenden Wahrhaftigkeit, Bewusstheit und Magie um alles in der Welt und um Potenzen sachgemäss zu überbieten. Du kannst zwar nichts dafür, dass du in diesen Strudel, Lichterguss und Universenstrom mit einbezogen bist, jedoch kannst du auch nichts dagegen halten, wenn Ich dir bewusst zu machen pflege, dass du *Bist* und dass dein Ansehn vor dem Götterblick gewaltig wächst, wenn dir die Einsicht dämmert, dass Ich Bin der sakrosankte Schöpfergeist in allen allbereiten Längs- und Breitengraden. Dein Bewusstsein dehnt sich aus in *Meinem* mit des Alls Befindlichkeit in irdischer sowie in überirdischer Manier und findet in sich selber Meines

Wohlgefallens Rüstigkeit, Erhabenheit, Bewusstheit, Seligkeit und götterlichtes Gaukelspiel.

1.2

Bin *Ich* schon Meinem Ursprung aufs Entschiedenste verpflichtet, so Bin Ich es der Zukunft Meines Seinsgewissens noch viel mehr. Denn was Ich vor Äonen mit enormer Wucht, Wahrhaftigkeit und Inbrunst angestossen habe, wird nimmermehr ein Ende finden können in des Alls und Überalls geheimnisvollen Tiefen. Was schon *ist*, wird noch um Myriaden Istigkeiten ausgeweitet und vermehrt, befördert und verherrlicht werden. Meine Absicht transformiert sich im unendlichen der Geistessphären in verheissungsvoller Art und Weise in das Immer-Mehr von weisem Aneinanderfügen und Gestalten, Für-und-Wider-Halten, Komplizieren, Simplifizieren und beschaulichem Ergänzen.

Ich erhebe aus Mir selber Mich mit unnachahmlicher Geschmeidigkeit, Intensität, Kapazität und Meisterwürde als ein Gott des Seinsbewusstseins und des unerschütterlichen Universenstrebens. Es ist Mein anerkanntes Metier, zugleich ins Unermessliche wie auch ins Minikrime vorzustossen und dergestalt Mein Heil und Meine Heiligung zu suchen. Was Ich somit immer finde, finde Ich allein in Mir, derweil es über Meinem Allessein am Geisteshorizont nichts geben kann als das, was *ist* in Meinem Mich-Begründen.

Ich wandle und verwandle Mich konstant und kurios, gutgläubig und geflissentlich zum Guten, das Ich immer war und noch viel inniger und wesenhafter sein und dessen sichtig werde. Meine Kompetenz ist die von Myriaden Geisteswirklichkeiten, in die Ich Mich in eigener Regie und Ruhmessucht, Prosperität und Schaffensfreudigkeit verwandelt habe. Sie streben alle leichterdings und unfehlbar dem Einen wieder zu, das Ich

Mir Bin und dem Ich Mich mit namenloser Selbstverständlichkeit verpflichtet habe. Aus dem Sein ins Nichtsein weltenfällig und gefällig hab Ich Mich gestossen und Bin zugleich Mich selbst geblieben in natürlicher Entschiedenheit und Wesensstärke, Seinsbewusstheit und Glückseligkeit in götterherrlicher Manier.

1.3

Ich avanciere zu der Stelle wo du Bist und überzeuge dich von dem Gedanken, dass noch alle, die da *sind*, ihr Lebenslicht und ihre Wachheit Mir verdanken. Ich hebe auf, was du dir von dir denkst und setze es behutsam und voll Sanftmut bei den Sternen nieder, die dein Wesensbild in ihrem Schosse tragen.

Ich nehme Mir heraus, was bisher keiner sich gestattet hat herauszunehmen und schaffe Dinge an die Welt heran, von denen du nicht wusstest, dass sie existieren. Meiner Fantasie entspringen dauernd Formen und Lebendigkeiten, deren Charme, Scharmützel, Schelmenhaftigkeit und Genealogie besticht und dir geziemend weiterhilft auf dem Gebiet des aberwürdigen Kreierens.

Was in Mir Bestand hat, soll es auch in dir in fabelhafter Fülle haben. Was Mir imponiert wird unbedingt auch dich mit seiner Nonchalance bestechen und dich bessern Mutes, als du vordem warst, wieder in dein Weltensein entlassen.

Meine Absicht ist es, allen möglichen und unerhörten Variationen Meiner selbst zu freier Fahrt ins Dasein zu verhelfen und zur Flexibilität, die ihnen, als von Meiner Seite stammend, auch gebührt.

Über Meine Geisteslippen lass Ich wunderbar gesittete Sentenzen fahren, deren Wohllaut in dir nachhallt wie

Musik im kirchenräumlichen und wie ein tröstend Wort aus mütterlicher Kehle. Vernimm du Meines Sagens Klang als würde er vom lichten Himmel zu dir niederfahren und dich sowohl beglücken wie besänftigen in deiner Unrast wie in deinem rigorosen Rasen. Es ist nicht gut zu handeln wie ein Rennmotor, wo doch Besonnenheit und Milde bessere Befunde zeitig vor den Sperberaugen jener, die sich unverwandt und penetrant nach Neuigkeiten sehnen.

Das Gesagte soll dich von der Wucht der Geistigkeit in Meiner Hemisphäre überzeugen und dir Anlass zur Beseligung und Heiterkeit in *Meinem* Sinn vergeben.

1.4

An der Spitze aller Seinsgelehrten geh Ich Meinen Weg und seh Mich bald von einer Myriadenschar Gelehriger und Mustergültiger umgeben. Mir geht es ums Prinzip des Handelns ohne jeglichen Bedarf, sowie des Innehaltens jederzeit, wo es als nötig, brötig und begehrenswert erscheint.

Wer ist für Mein Tun und Trachten zur Verantwortung zu ziehen ausser Mir allein in Meinem Streben nach Betätigung, Bestätigung und wirkungsvollen Kanonaden über Meinem Haupt hinweg in ungeheure Raumesweiten.

Ich Bin so gut, wie niemand sonst von Güte und Gelassenheit, Gutmütigkeit und Wachheit von sich reden könnte. Das zeitigt das Gewinnende an Meines Wesens Seinsstruktur wie das Erhabene in seiner Fülle des gehobenen Erwartens.

Was Ich von Meiner Lage zu berichten weiss, soll auch für dich verbindlich sein im Feld der Zugehörigkeit zu

Meinem Wesen wie in dem der blauen Wunder, die dir noch bevorstehn Meinerseits gebührend vorgetragen.

Gehst du schwimmen, nimm den Pudel mit, der dich im Notfall retten kann durch sein frenetisches Gebell wie durch sein zottiges und ziemliches Dich-Umrunden. Das ist wahrhaftig zierlich anzuschaun, wenn es dabei nicht ernstlich und geflissentlich um Tod und Leben ginge. Doch solche Dinge können nur in Meiner Fantasie und Fabelhaftigkeit geschehn in der Unwirklichkeit, die Ich Mir jederzeit zugute halte.

Was Mein Sein betrifft, so kann Ich nur bestätigen, dass es im Grandiosen wie im Eingebrochnen liegt und keins von beiden es behelligt oder trübt in seiner Attitüde absoluter Reinheit und Geschmeidigkeit, Konzentriertheit und Gewissenhaftigkeit im Unergründlichen.

Alles ist en vogue was Ich Mir hin und her bedeute, und Meine Schwingen sind wie Adlerflügel zu verehrenswerten Tragien gebreitet, die sich der Luft zur Gründlichkeit, Eilfertigkeit, Tragfestigkeit und Virulenz bedienen.

1.5

Ich Bin da und du Bist dort und beide sind zusammen doch dasselbe Paar von geisteswirklicher Statur. Kennst du dich nicht, so Bin *Ich* Mir bekannt als das allherrliche und allbegabte Wesen göttlicher Natur und menschlichen Gebarens irgendwo in der Weitläufigkeit der Universenweiten. Mich in eins zusammenfassend garantiere Ich noch jedem Weltenbürger die vorzüglichste Behandlung als ein Es von Meinem Rang und Sang und Klang in der Unendlichkeit des Seinsbefindens. Geschärften Sinnens wirst du aus der Konfrontation wie aus dem Selbander mit Mir hervorgehn und, jedem Zweifel an dir selbst abhold, ein Meister der Gewissheit sein von deiner Götterlichtheit im allweltlichen Revier.

Ich rechte nicht mit denen, die den Anspruch eines Gottes unbegreiflich finden. Ihnen ist die Kindlichkeit herzinnig zu verzeihen, mit der sie an die Dinge dieser Welt herangehn, um ihr Totsein gründlich zu sezieren und um es in ihrem eingeengten Sinnkreis als lebendig zu erklären.

Diese Taktik ist indessen recht fatal, weil sie Verwirrung schafft in Sachen Seinsbegriff und menschenfreundlicher Moral. Das Wissenschaftliche ist kaltgestellter, bitterer Kaffee im Gegensatz zu Meinem herzerwärmenden und liebevollen Seinsgehaben. Meine Wege führen himmelweit voran in die Unendlichkeit der Geistessphären und lassen dabei jedermann das Irdische mit festem Tritt beschreiten. Das ist der wahre Jakob in Bezug auf Deutung deiner wie auch Meiner Gegenwart im göttlichen Allhier und unter vielen Wehmuts-Tränen. Mir allein ist es gegeben, das Wirkliche auch wirklich anzusehn und gebührend und geschäftig vom Unwirklichen zu trennen, dem die Geister dieser Welt zutiefst verfallen sind. Nicht Raupe, sondern flatternde Farfalle sollst du sein, dem glänzenden Azur sowie den warmen Lüften vogelfrei dahingegeben. Deines Daseins Resümee soll sich in liebevoller Einigkeit mit allem, was da *ist*, empfinden und in dieser götterlichten Attitüde ewig heiter und glückselig weilen.

1.6

Willst du so gut, wie Ich es Bin, in deiner Welt bestehn, so musst du wie die wohlbekannte Gottestraube an Mir hangen. Damit fliessen Meine Qualitäten ungehindert auf dich über und du wirst zum Helden deiner selbst im gotteswürdigen und geistbeseelten Vorwärtsschreiten.

Hast du begriffen, dass es im gesamten Leben im Grund genommen nur um *eines* geht: dein wahres Ich zu finden, und wirst du es auch suchen? Sei dir dabei stets bewusst, dass Ich dir auf deinen Wegen liebevoll behilflich Bin in Sachen Seinserkenntnis, Flexibilität und profundem Anerkennen Meiner Geisteskräfte, die vom Erschaffen neuer Wirklichkeiten wirklich was verstehn.

Ohne Mich wird all dein Schaffen recht fatalerweise in die Leere greifen. Deine Ansicht von des Lebens Hintergründen hängt verkehrt herum vor deinem Schauen und ergibt ein Bild der schroffen Gegensätze, die sich ständig missverstehen und bekämpfen müssen. Hast du jedoch Meine Weise übernommen, deines Schicksals Züge innig anzusehn, muss dir alles, was da kreucht und fleucht in deines Lebens Lauf als logisch und von Mir wie dir gewollt erscheinen. Das Grandiose deines Daseins in den Universenweiten wird dir offenbar; du schweigst, derweil Ich durch die sprossende Natürlichkeit in aller Form und Farbe zu dir rede. Was selbstbezogen und verkrampft in dir rumorte, lockert sich und fliesst und sprudelt wie das muntre Bächlein, Flüsschen und beschauliche Gewässer Mir, dem makro-kosmisch dargestellten Meer des Lebens zu. Deine Herzenswünsche sind gestillt, wenn du in *Meinem* Sinn agierst, und deine Unternehmungen und gloriosen Taten laufen auf dasselbe Ziel hinaus: in Mir zu leben und zu sein als ein erwachter Bürger zweier Welten, die nur eine sind im überirdischen Betrachten und Dich-selbst-als-götterlichtes-Wesen-ewiger-Gelassenheit-Verstehn.

1.7

Ich beseele dich mit Meinem Wort und Meinen wort-bedingten Taten. Was Ich dir Bin, kann als der „Kurfürst auf dem Damm" bezeichnet werden, als der licht-gesättigte Trabant hoch über deinen Nachtgespinsten,wie das Zeichen der Wahrhaftigkeit am Horizont, vor deinem seelenvollen Schauen.

Wohin denn sollst du dich in deinen Nöten wenden, wenn nicht zu Mir, dem Notlicht auf der Krankenstation, der geistgefütterten Erheiterung des Lebens in der Mittagsruh, zum Orion, der sich für Meine Sache einsetzt, in der lichterfüllten Kampfmontur.

Ich treibe an und Bin, gewaschen mit den Wassern der Unendlichkeit, in denen Ich Mich unentwegt und tatendurstig bade. Was alles habe Ich denn schon erreicht mit Meinen ehdem blässlichen Ideen, nachdem Ich sie zur Heldenhaftigkeit geschlagen. Mein Winkel ist das Richtmass für den Bau, den Ich vor aller Ewigkeit begonnen und den zu vollenden Ich nicht die geringste Eile habe. Das spornt dich dazu an, in eigener Regie die gloriosesten Projekte anzufachen und mit dem Wind sanftmütiger Geduld zu unterhalten bis zum Gehtnichtmehr.

Wovon Ich selber Mich geheilt und feierlich gesundgeschrieben habe ist die Neigung, Mich vor drohenden Gefahren mutlos aus dem Staub zu machen. Seitdem packe Ich sie zügig an und mache ihnen den Garaus, noch eh sie ihre böse Macht entfalten konnten.

Ich Bin Mir hell bewusst, dass alle Trümpfe der kraftstrotzenden Entschiedenheit in Meinen Händen liegen und dass *die* das Spiel verlieren, denen Ich sie frisch und frei und ungeniert unter die gerümpfte Nase halte. So bringe Ich sie endlich mit dem Herrn der Welt in eins zusammen, auf den unendlicher Verlass ist unter der Ägide des bewundernswerten Sternenmeers.

1.8

„Nun bin ich völlig hilflos vor dem Herrn", sah Jonas ein, als er im Bauch des Ungeheuers eingeschlossen war. Und der Herr gebot dem Fisch ihn auszuspeien und dem sichern Landstrich wieder zuzuführen. Das ist nun deine eigne Situation. Du getraust dich kaum zu atmen in der finstern Höhle des Verderbens vor dem Ungeheueren, das dich mit furchterregender Gebärde anglüht. Das sind die Lebensmühen und zermürbenden Strapazen, die dich ständig zu zerreissen drohen.

Doch erscheine Ich im ultimo momento, weiss gekleidet und mit Licht umgürtet gradewegs vor dir. Du bist gerettet und von Mir ans Land gezogen der enormen Möglichkeiten deine Flügel zu entfalten, um mit diesen neue, ungeahnte Höhen zu erreichen. Das ist dann die Wende aus der Abergläubigkeit zum Glauben an die Geistesgegenwart der himmlischen Gebieter über deines Schicksals Macht und Prüderie. Du stellst dich ihrer Güte, und sie stellen sich dir zur Verfügung für noch viel, viel mehr an Weisheit, Wissenschaft und Wohlbefinden.

Was in deinem trauten Heim geschieht, ist eng verbunden mit des Herzens Heimlichkeiten die da sind: Vertrauen in Mein liebelächelndes Gewissen, die Sehnsucht nach dem blauen, lauen Himmel über dir wie die Gewissheit ihn beizeiten zu erreichen. In der Fülle deiner Hoffnung kannst du nie zu weit und immer weiter gehn, dem Heil in Mir und Meiner Engelschar entgegen. Du Bist, wie sie und Ich ins Wesen der Allherrlichkeit und Gottesliebe eingebunden, die da *sind* und keiner Explikation bedürfen. Mit dem Zeigefinger dich berührend hebe Ich dich aus der Myriadenschar der Unvernünftigen hinaus und begabe dich in väterlicher Eintracht mit dem Weltengeiste mit dem Kreuzsymbol, das dich stählt und wappnet über alle Unbill hin.

Du Bist und kannst dich selber als der Geistgeborene bezeichnen, dessen Fülle, Geisteshülle und Geborgenheit im Sternkreis liegt, der sich friedeblinkend über dir erhoben. Dieser Wahrheit zugetan erfüllen dich der Wahrheit und der Freude Zähren und ertüchtigen dein

Herz zum Sein in Heiterkeit und ewig unerschütterlichem Frieden.

1.9

Geerdet sein will jeder, der im Leben etwas auf sich hält und auf beiden Beinen stehen will mit seinen fabelhaften Dispositionen. Gut und schön. Wenn ihm aber trotzdem etwas schief gerät ist es dann bald einmal um seine Selbstgefälligkeit und Seelensicherheit geschehn und er beginnt sich nach der Hilfe höheren Kalibers umzusehn.

Mir ist das Recht, denn Meiner Philosophie gemäss soll der Mensch zwar mit den beiden Füssen durch die Scholle schreiten, sein Herzblut und sein Köpfchen jedoch sollen haushoch in den Himmel ragen.

Im weiteren ist das Verfügen über die Essenzen und Besonderheiten des Lebendigseins, vom enttäuschten Weltenbürger Meinem Sein und Sinnen anvertraut und ausgehändigt worden. Was einst bachab ging geht nun durch Verdunstung und Vergeistigung dem Ätherlicht, das Ich Mir Bin, entgegen. Der Kreislauf der Geselligkeit von Erd und Himmel ist in deinem Herzen angefacht, im Takt bewegt und von dir gutgeheissen worden.

Bedächtig, aber majestätischen Geflatters, hisse Ich die Fahne der Erfüllung über deinen Haupte und gebe damit aller Welt zu wissen, dass ein Würdiger aus seinem Milieu der irdischen Verblendetheit hinaufgestiegen ist ins Licht der Wahrheit und Wahrhaftigkeit, das Ich Mir Bin seit dem Beginn der Weltenzeiten und noch meilenweit davor.

Hier schickt es sich ein Wörtlein über Mich zu intonieren als eine wohlgelungne und verführerische Herzensmelodie. Ich Bin und Bin des reinen Seins Ereignis und Magnifikat in allem was es in der Sternenwelt wie im unendlichen und wirkungsvollen Geistgefieder zu bestaunen gibt von dir und Mir. Das ist der Fuss, die Fabel und der Fluss der Seinserkenntnis, die dir nottut, wie dem Fisch das Wasser, wie dem Vogel die verblaute Himmelsluft und deinem Herzen das Gefühl der Seinsgeborgenheit in Mir und Meinen Universenweiten. Damit ist der Sinn der menschlichen Gestaltungen vor deinem Sinnen von Mir dargelegt und offenbart und dir als glückverheissendes Idol zum täglichen und tätigen Gebrauch wohlüberlegt und liebevoll anheimgegeben.

1.10

Willst du dich kompetent beraten lassen, so zögre nicht Meinen Kontor aufzusuchen, um ein Wort des Trostes, eine würdige Belehrung, oder einen Aufruf zur Genügsamkeit zu akquirieren.

Ich spreche aus was allzu viele nur für sich behalten, in Meinem Wortfluss könnte sich die halbe Menschheit baden, wenn sie nur die Einsicht hätte von der Nützlichkeit und Auserlesenheit, Bedeutsamkeit und Klarheit Meiner Ideale. Auch an dir liegt es, den Nimbus der Gottseligkeit und ewigen Heiterkeit, der Mir schon immer innewohnt, gebührend zu verbreiten, derweil er auch in dir allwie ein Freudenfeuer lodert, Mir und Meinem Sein entgegen.

Ich werte auf, was seinen Glanz und seine Mündigkeit rasant für immer zu verlieren droht. Es ist das Seinsgefühl und die Erkenntnis von den Geisteskräften, die die Welt erbauen und regieren und ihr die Geschmeidigkeit und Menschlichkeit verleihen, die ihr auch gebührt.

Ich muss Mich unbedingt in dir und deinem Herzensmilieu verbreiten können, damit sich deinem Leben der Aspekt der Göttlichkeit, Gottseligkeit und Gottesminne offenbart. Deine Zukunft kann nur Mir und Meinem

Seinsgeläute gelten. Du bist schwach, solang du nicht von Meiner Stärke profitiert, die in und ausser dir in wunderbarer Wohlgefälligkeit und Lichtheit seine Kreise zieht. Von Mir zu dir, von dir zu Mir soll jeder sprossende Gedanke reichen, der die Menschenwelt, wie das Unendliche in einen Garten der Holdseligkeit verwandelt. Du Bist Mein Gefährte, magst du es wollen oder nicht, und Ich Bin der weise Richter über deine Taten. Stilisiere sie zu dem was Meiner würdig ist und belebe deines Götterseins Idol mit der Vertrautheit und Gestilltheit, Glückseligkeit und Heiterkeit in Mir. Ich Bin dein Resümee in himmlischer Bedachtsamkeit und Ruh und bitte dich um Gnade an dem wunderbaren Sein und Leben, das Ich dir mitten auf den Heimweg zu Mir mitgegeben. Ich lasse keinen Zweifel keimen, dass Ich dich nie verlassen werde, weil Ich dich Bin und weil dein Antlitz einstens Meinem gleichen soll in wunderbarem Seinsgenügen

1.11

Begreifst du Meine Sorge um dein Wohl? Woraus ist sie hervorgegangen? Wie kann sie gemildert oder abgewendet werden? Durch dein Verhalten in der Lebensschule die dich täglich nährt und bildet, dich mit Meiner Weisheit und Gewissenhaftigkeit begabt und dir den Sinn fürs Ganze darlegt in ungezählten Modulationen.

Mein Wissen um dein Wohl trägt auch zu Meiner Wohlfahrt bei, weil alles, was du Bist, so sehr mit Mir verbunden ist, dass Ich mit deiner Kälte zittere und mit deiner Wärme in den siebten Himmel aufersteh. Worauf es ankommt ist die Haltung, die du gegenüber Meinem Sein und Sinnkreis, Meinen Sitten und Gebräuchen noch an jeden Tag legst, den Ich dir in Liebe und Gelassenheit beschieden. Meine geistige Potenz soll dir wie keine andere aufs Kapitalste imponieren. In langen Märschen musst du ihrer habhaft und genüsslich werden, damit sie dich zu Mir erhebt und dir das Glück der Sternenschau beschert, nach Meiner Art den Lebensdingen auf den Grund zu gehn.

Du quälst dich viel zu sehr mit den Befürchtungen, die täglich ihren Sturmlauf durch dein Denken und Gefühl vollziehn. Diesen kannst du mit Erfolg und Figalanz begegnen im Urvertrauen, das du zu Mir hegst, wie in dem Ritual des tiefen Dich-auf-Mich-Besinnens in der Morgenmeditation.

Du gehst gestärkt und zuversichtlich aus all dem hervor, was du mit Mir verhandelst und in Wohlfahrt und Gediegenheit verwandelst. Merk auf, wenn Ich dir sage: Gottes Plan ist immer noch der Beste, der in allen Wesen und Gestaltungen präsent ist, als das Agens der Beweglichkeit, des schöpferischen Muts wie des natürlichen Verhaltens und Beruhns in allen Lebenssituationen. Du Bist von dem erfüllt, was Ich auch Bin: vom reinen Sein, das sich als roter Faden firm und fertig, fein gedrillt, fortissimo und legendär durch alle Lebenswelten zieht und schlängelt, die da *sind* und auf ihre Art und Weise vorwärtsschreiten. Schreiten sie *Mir* zu ist alles gut in ihren Rängen und Empfindsamkeiten, Seligkeiten, Lobgesängen und Verdiensten.

1.12

Das Kantorische ist Mir bewusst und eigen ebenso wie das, was Ich mit brüderlich bewegter Stimme an die Menschenwelt vergebe. Ja, sie hat es nötig und muss ständig von Mir aufgemuntert und zurechtgewiesen werden. Nur *Ich* Bin dazu fähig, richtig grandioses, unsterbliches und unerhörtes auszusagen über Mich und alle Welt, die Ich Mir vor den Göttersinn gelegt. Weiche nicht zurück vor dem was als ein Geistruf in dein Wesen einbricht, um es im Belehren in ein neues Reich des Selbst-Erkennens hochzuhieven.

In der Dichte Meines stofflichen Erscheinens bist auch du gefordert, das Lebendige und Dich-mit-Geist-Beseelende zu sehn. Diese Wahrheit stösst frappant all dem entgegen, was nur Festgefahrenes, Erstarrtes gelten lassen will. Ich Bin der Geist unendlicher Beweglichkeit und Kühnheit im Mich-selbst-Begreifen. Meine Taten sind aus tiefer Meditation und Geisteswissenschaftlichkeit entstanden. Das Dichtgedrängte muss sich wieder in das Weitgedehnte lösen, um im Unendlichen sein wahres Dasein, seine Geisteswirklichkeit und sein profundes Menschengöttertum zu finden.

Mein Boot ist randvoll angefüllt mit fabelhaften Kombinationen von enormem Witz, mit Andacht vor Mir selber, Sinn für seinsgerechtes Handeln wie vom Drang, Mein Wissen an die Myriaden Unerfahrener und Irrgeleiteter, Enttäuschter, Lernbegieriger und Aufmerksamer zu vergeben.

Kennst du das Sein, so wirst du auch dich selber kennen als die weltenschaffende Essenz des Guten und Erhabenen, des Liebevollen und Vereinigenden in des Universums Motion und Stil. Dein Denken gleicht sich Meinem an und nährt das wunderbar gesittete Begreifen dessen, was da *ist,* und was formal und findig sich dem Schauen offenbart, das von der Nähe in die Himmelweiten zieht, wo ihm die geisterfüllten Sterne blinken und Mein wahres Antlitz sich im reinen Lichte offenbart.

1.13

In Meinem Seinsverbund liegt so viel Süsse des Gestaltens und Erhaltens Meiner götterwilligen Strukturen, dass es unendlichen Geschicks bedarf, ihre Wesenheit im Zaun zu halten. Landauf, landab besuche Ich die Stationen Meiner Dienstbarkeit und setze Zeichen des Ermutigens, Belehrens und Belebens Meiner selbst im

vielgestaltigen Völkerbunde. Was nach Selbstgefälligkeit und eigenwilligem Verhalten aussieht ist in jedem
Fall von Mir aufs Intensivste initiiert und ausgehalten,
patronisiert und stilisiert so lange, bis es fugenlos gefügig
ist nach *Meinem* Soll und Haben.

Geschwind magst du dabei erfahren, dass deine Rech-
nung in Bezug auf Lebensqualität und Sitte niemals
aufgeht, währenddem die Meine bis aufs Tüpfchen
stimmt mit allen Haupt-und Nebensummen, die die
Kassen klingeln lassen Meines Über-Mich-Verfügens.

Seinsgewitter lass Ich aufziehn überall wo nicht mit
Meinem Mass gemessen wird und wo Mein Massstab
sich verschieden etabliert und eingebürgert hat. Mein
Entscheiden trifft im selben Zuge Jung und Alt, Bedächtig und Geschwind, Missmutig und Erhaben und
lenkt noch alles, was zu lenken ist, zum Besseren und
Nützlicheren, als es vordem war. Was *Ich* verschreibe ist
für alle Ewigkeit verschrieben und was Ich vehement und
tüchtig in die Welten treibe braucht sich vor sich selber
nicht zu schämen, weil es Meinem Sein entsprungen ist
und wieder zu ihm heimkehrt wie der nimmermüde
Schwung der Pendeluhr.

Geradewegs in dir befindet sich der Ort des Mich-Ver-
bandelns und Verwandelns in den Status neuer Wirklichkeiten, die die altgewohnten masslos übersteigen. Das
schafft Auftrieb für die Strebenden von Tag zu Tag und
verleiht dem Ganzen eine Würde ohnegleichen, die nur
Ich gestalten und erreichen kann in Meiner nonchalanten
Art, dem Lebendigen den Puls zu fühlen.

1.14

Dein Sein wird dich erquicken und beleben, sowie du es
erkannt hast als das Meine auf der schnurgeraden Linie
von dem Traumgemach der Welt zu Meiner Wirklichkeit

im strahlenden Allhier. Ich liebe das Mich-selbst-Vermummen, doch das Offenbaren Meiner klargesichtigen Wahrhaftigkeit und Meines Wesens Lichtstruktur ist Mir noch weit gefälliger im wunderbaren Wohlgeraten. Was Ich Mir Bin, gipfelt jederzeit und immer wieder im Erkennen Meiner Seinsprosperität im Planetarium von irdischem Format wie in der kosmischen Entferntheit, die Ich als Mein Geistgemach in Mir verspüre.

Immer ist brillant, begeisternd und beseligend was Ich vom Stapel lasse aus Motiven reiner Gunst Mir gegenüber im Unendlichen, das Ich für Zeit und Ewigkeit für Mich gepachtet habe. Nun folgt die bange Frage an dich: wirst auch du für einmal und dann immer mehr dich dazu rüstig fühlen, Meiner Inbrunst und Entschiedenheit, Weltenschaffenden Begierde, Seinslust und Bewusstheit auf die Spur zu kommen? Das ist dann der Triumph in deinem langgedehnten Dasein dort und hier und hier und dort, von Meiner Warte aus gesehn. Es gibt nichts wohlgefälligeres als ein Wesen, das in aller Schlichtheit von sich sagen kann: Ich Bin das Sein und habe nicht die Absicht, mehr zu diesem fabelhaften Phänomen, wie zu diesem Status zu berichten. An dir ist es durch Training und Gewissenhaftigkeit, Verehrung Meines In-dir-Wohnens, wie dem Erkennen deiner wahren Werte zu einem Ass zu werden, menschengöttlich und gediegen.

So wie *Ich* Bin ist dein Sein in Mir und Meinem Daseinsritual beschlossen. Die Seinskapazität, die Mir als Lichterguss entströmt, ist schon für immer auch in dir und deinem Wesen etabliert und wird sich in der Folge immer öfter und voll Nerv und Nonchalance als ewig gültig zeigen. Was Ich dir Bin ist alles, was es gibt und was dich selig macht inmitten Meines seinsgewissen Unterweisens.

1.15

Ist es mit dir so weit gekommen, dass du in deiner Welt nicht nur Gewichte und Bewegungen, Stimmgewirr und Trunk und Elend siehst, sondern auch die Geisteskräfte und Gedanken, Gefühle und Willkürlichkeiten, die dahinter stehn? In diesem Fall ist dir das Äusserliche sehr gering geworden gegenüber dem, was unsichtbar im Innern vorgeht der agierenden Gemüter, wie dem Aufwall und der Fülle seiner Motivationen. Siehst du dich als Geist vom Geiste in dir selber stehn, so kann Ich Mich auch Meinerseits als weltenschöpferisches Agens wie als Sein vom Sein gebührend vor dir zu erkennen geben.

Mein Mantel ist die Universenwelt mit der Ich Mich umhüllt und deinem Auge dargeboten habe. Gewaltiges siehst du vor dir sich in Äonenzeit umkreisen, Feuerfunken sprühend aus Gestirnen, sowie intense Ballungen entstehn, die selbst das Licht in ihren schieren Abgrund saugen. Und irgendwo im All, von weither nicht mehr aufzufinden, zieht sich deine Wohnstatt als das Irdische dahin und auf ihr erscheinen Myriaden selbstbewusste Menschenwesen und verschwinden balde wieder.

Kann es sein, dass Ich in ihnen Auferstehung feiere inmitten ihrer Träume von Erfolg und Macht, Elend und Verlassenheit in einem? Genauso ist es, derweil die Massem dies Geheimnis kaum bemerken in der Hast, Dynamik und Verschlungenheit der Weltentage. Bewusstheit und besinnliches Agieren Bin Ich, derweil die vielen sich noch unbewusst und kläglich, selbstherrlich und gebieterisch durchs Dasein schlagen.

Was willst du mehr, als schliesslich deine Ohnmacht vor dem Weltengeiste zuzugeben. Du vertraust dich seiner Güte an und siehst sein Leben, Wirken, Wollen und Bedeuten in dir keimen. Das ist die grandiose Wende, die sich unweigerlich in dir vollzieht, weil Ich der Herr Bin, du der Knecht und weil Ich das Allherrliche in dir repräsentiere, das dich vor aller Welt zum Helden stilisiert und zum Genie in deinen wundervollen und unsterblichen, bezaubernden und vielbesungenen Kreationen. Du Bist, selbander mit Mir, das genaue Ideal von dem geworden, was Ich Mir als das Menschenbild und Gottesgleichnis vorgestellt und es in aller Form verwirklicht habe.

1.16

Wer vermag den Nimbus seiner Gegenwart und energetischen Beschaulichkeit besser darzustellen als gerade Ich, der konstante und galante Träger und Beweger aller Wirklichkeiten. Ich allein kann Meines Daseins ewiges Verhängnis ausser Mir und in Mir folgerichtig und galant umkreisen und beschreiben, als sich selbst erkennendes und sinngeladnes Götterideal.

Meine Welt betreten heisst, den Umkreis Meiner selbst erfüllen, sowie auch jeden Punkt in ihm als Eigengabe und Gewinn betrachten unter Myriaden. Hältst du was auf dir, so kannst du sicher sein, dass Ich in der unendlichen Betriebsamkeit, Beschaulichkeit und Modulation noch viel mehr auf Mich halte in der Geistpotenz und Wesenswürde, deren Ich Mich stets verseh in gütestrahlender Manier.

Geht es um dich, so dreht es sich genausogut um Meines Urteils Generalität, Gutmütigkeit und Klargesichtigkeit des Überlegens. Mein Sinn für Wahrheit, Seinsgerechtigkeit und Lebensliturgie ist seit allem Anfang himmelhoch ins Kraut geschossen und vermag sich anstandslos an alles zu erinnern, was da je geschah und alles auszuloten, was sich in den Tiefen Meiner selbst verborgen hält als Schatz, der seit Äonen fortgeschrittenen und ausgeheckten Seinsregie..

Was Ich Bin vermag Ich nicht zu sagen, aber dass Ich Mich in einem vorwärtsschreitenden Gefüge grandioser Überlegungen, Empfindungen und Willensakte selbst erkenne, ist Meiner Gottgefälligkeit und überragenden Bewusstheit zuzuschreiben.

Komplett ins Sternenall versunken streu Ich Meinen Lichtbesitz mit nonchalantem Ehrgeiz freudig um Mich her mit lächelnder Gebärde, die allein ein Gott und Gottbegnadeter sich leisten kann. Mein Zeugnis ist der Zuwachs von Legionen geisteswirklicher Errungenschaften, die Ich Mir allein zugute halte in der volatilen Seinsgesellschaft, die Ich zu durchdringen und aufs Beste zu erhalten pflege. Mein ist dein und dein ist Mein, ist die verehrenswürdige Parole die deinen wie auch Meinen Halt begründet im allherrlichen, beseligenden Geistgefüge.

1.17

Ich Bin Mir selber das beredte Zeugnis der Allherrlichkeit, in der Ich alles, was da *ist*, mit wonnevoller Selbstverständlichkeit bewohne. Mein Sinn ist Sein und Meine Sinnlichkeit erfüllt sich im bewussten Abstieg zu den Myriaden tändelnden Gemütern allseits, weltweit und lokal. Mein erschütterndes Erbarmen lass Ich walten über allem, was Ich selber Bin, im fortschrittsgläubigen Gepolter, das den Erdkreis überzieht wie in noch Myriaden andern Kreisen im Gewimmel der von Mir geschaffnen Galaxien.

Indem Ich dich bis in die letzten Fibern, Funktionen, Verhängnisse und Fabelhaftigkeiten Bin, geschieht, was Meinerseits geschehen will und muss, als in der Einheit aller Dinge, Wesen und Ereignisse, die den Weltzusammenhang im Universenreich bewirken.

Was Ich seit Äonen im Begriff Bin ist, Mich selbst zu finden in der Selbstverlorenheit, in die Ich Mich bewusst und radikal gestossen. Das Illusorische, in welchem du dich als das Wirkliche empfindest, ist in Meiner Ansicht und Gewogenheit, Meinem Mitgefühl wie Meiner unité de doctrine bestens aufgehoben, genau dort wo Ich in Mir wach geworden Bin, wie im Beherrschen Meiner selbst in corpore. Die Wesenswelt wird einfach und gelassen, wo sich Meine Kräfte frei entfalten können, die Wirbel um das Seinsverständnis haben sich zur Ruh gelegt und Friede herrscht in den vor Mir versammelten Gemütern.

Soweit muss es kommen und soweit kommt es noch, dass Ich allweit die Gottseligkeit erschaffe in den masslos ausgefächerten und von Mir bewegten und bewilligten, beseelten und bewirkten Evolutionen. Mein Allsinn kann niemals ins Nichts verlorengehn und erhebt sich, wenn er fiel, lächelnd und siegessicher wieder. Der Odem Meiner Grazie an allem, was da *ist*, durchströmt das Illusorische im selben Masse wie das Wirkliche, in dem Ich Mich erkannt und allerbestens eingerichtet, akzeptiert und zu Mir selber aufgeschwungen habe.

2

Meines Willens Seinspotenz

2.1

Im Anbeginn war alles in Mir wüst und leer. Mein un-
berührtes Sein zu finden war eine Tat von nie ver-
ebbender Geschicklichkeit, Konstanz und unbeugsamem
Willen. So was geschieht nur einmal im gesamten seinsgeschichtlichen Verfahren, dem Ich Mich mutig unterworfen habe.

Nun kreiere Ich das zu erschaffende mit Meines Willens
Seinspotenz in unerhörtem Über-Mich-Verfügen. Klar-
gesichtig, wie Ich Bin, durchschaue Ich in jedem Fall die
Machenschaften Meiner Bürgen und Befähigten, das
Weltgeschehn mit immer grössrer Kelle anzurühren und
ihm ihren Willen aufzudrängen. Trotz allem kritischen,
das wie die Meereswogen weltweit auf und niederflutet,
halte Ich die Zügel Meines überwältigenden Dispo-
nierens fest im Griff und ordne das zu ordnende auf
Meine Art mit immerwährender Geduld in den
berühmten Seinsepochen, die Ich unerschütterlich, ein-
dringlich und besonnen inszeniere.

Was du dabei zu sagen und bewirken hast, ist dir von
Meiner Seite unmissverständlich in dein Seinsgewissen
eingeflochten worden. Vom Unbewussten zum
Bewussten wirst du dich entfalten und wirst im
Vorwärtsschreiten die Textur von Meinem Allgebaren
und -gebären immer besser und gefügiger entziffern
können.

Ich Bin das Heil der Welt in allen fachgerecht gezognen
Längs- und Breitengraden. Immer wieder suchst du Mir
auf raffinierte Weise zu entgleiten, doch Ich fange dich,
wie man die kleinen Knirpse fängt, beizeiten wieder ein,
bevor du vollends ausgeflippt und ausgebrochen bist aus
dem so weise und gewissenhaft von Mir erstellten Seins-
gehege.

Deinem Schlummer kommt es eben immer noch zugute, dass Ich dich mit Meiner Gunst und Kunst belehren kann in bester Absicht und mit einem väterlichen Lächeln auf den Zügen. Gar vieles an dir ist noch kindlich und gar kindisch, was du unternimmst, ohne Meine Welten-weisheit im Geringsten zu befragen. Das bringt Er-schütterungen und Verwirrungen en masse hervor und muss von Mir berichtigt und ins rechte Gleis geschoben werden.

Weihe dich dem Sein will Ich an dieser Stelle regelrecht betonen und mach dich würdig, zu den seinsgerechten, avancierten und befriedeten Gebietern ihrer selbst wie Meiner gottgesegneten Doktrin zu werden. Das allein bringt wahren Fortschritt und beseligt was du Bist unter Meiner alles überragenden Ägide.

2.2

In allen Ernst will Ich dich fragen: kennst du Mich denn, der Ich in allen Ehren, Funktionen, Feinfühligkeiten Zaubereien, Pfründen, Sternenbahnen und erhabnen Genialitäten Bin des reinen Seins Gewinde, Odium, Mysterium und Sich-versinnende-Bravour.

Wenn du nur willst, kannst du dieses Staatsgeheimnis ungetrübt, glasklar und makellos direkt von Mir erfahren. Mich dir zu öffnen habe Ich beschlossen in demselben Mass wie du dich öffnest Meinem Dasein, Sinngedicht und Paternoster gegenüber. Das wird sich auf jeden Fall für dich als ewig gültiger Gewinn erweisen. Denn das Selbander-mit-Mir-Agieren-und-Regieren ist für dich ein Vorteil von enormer Güte und Gelassenheit am Welt-geschehn. Nicht mehr aus dem Nichts, sondern haar-genau aus *Meinen* Breitengraden kommst du her und darfst dir zur Gewissheit bringen, dass du Bist das Wesen der Gottseligkeit an sich wie an den Weiten deines Seinsgewissens.

Du sollst dich nimmermehr als ausgenützt, manipuliert und ungebraucht in deiner Welt empfinden. Vielmehr trifft genau auf dich und alle andern zu, dass ihr Mich seid im Ornat der Gottgerechtigkeit, sowie der unumstösslichen Gewissheit der Allgegenwart von Meinen eminenten Gnaden. Dies Erkennen ändert deinen Sinn vom A bis Z, von der Geistesnacht zum hellen Tag, sowie vom greisen zum blitzblanken neuen Überlegen. Ich Bin dein Wesens Proletariat und Aperçu, Vortrag, Nachtrag, Kuriosität und Quirligkeit geworden. Was du dir selber bist ist nicht mehr von Bedeutung, derweil, was Ich dir Bin, das Wesenhafte ist, das Seinsgeschmeidige und Absolute im Verteilen adäquater Attribute übers seinsbeglückende Allhier.

Dass Ich *dich* Bin, hast du nun erfahren, dass du Mich Bist, musst du dir zuerst einmal mit aller Wucht, Wahrhaftigkeit und Sinnkraft zu Gemüte führen. Daraufhin bist du frei von deinen Lebensnöten und gewahrst dich als das Nonplusultra aller Wesenhaftigkeiten, lichterstrahlend, seinsbewusst, geerdet und in alle Himmel aufgehoben.

2.3

Jede Willkür ist Mir fremd, aber das Verlangen unübertrefflich, mustergültig, loyal und liebenswert zu sein spannt Meine Schöpferkräfte mächtig an und lässt sie universenweit sich selbst aufs Zärtlichste verspielen.

Ich unternehme nichts, ohne es vordem aufs Gründlichste bedacht und Mir die Folgen tüchtig vorgestellt zu haben. Das lässt Mein Universenwerk von allem Anfang an in auserlesener Perfektion und Mustergültigkeit erscheinen. Dabei ist das Begründende von geistiger Natur, die dem entsprechend auch das Wesen des Natürlichen von A bis Z in aller Form durchzieht, um es, solang es nötig ist, am Leben zu erhalten.

Ich präge die Begriffe, die Mir selbst als Vorbild dienen, so dezent, tiefgründig, unerschütterlich und majestuös, wie niemand weit und breit es besser machen könnte. So Bin Ich einzigartig, konkurrenzlos und bezaubernd schön in allem, was Ich Mir als Daseinsbildnis ausgemalt und eingerichtet habe. Aus gutem Grund ist alles, was Ich Bin, von Grund auf grandios und lässt sich an, wie aus dem Silberhauch des himmlischen Azurs, sowie dem Morgentau der Sommersonnenlieblichkeit geboren.

Was Ich je erdacht und mit profunder Unverwüstlichkeit und Wesensstärke, kapitaler Kreativität, Manierlichkeit und Lebensminne ausgestattet habe, trägt das Gütesiegel der Gottesseligkeit an sich sowie der Allmacht, die sich rühmen kann, in kosmischen Dimensionen frei heraus gewirkt und Überragendes vollbracht zu haben.

Ich wende Mich dir zu, um zu betonen, dass es nichts gibt ausser Mir und dass du dich aus diesem Grund als Meines Seins Partikel und Befund, Kuriosität und Götterwesen, fühlen und verhalten kannst. Das begründet deine Kraft und dein Genie, deine Fantasie und Wohlgeborgenheit in dem der *ist* und sich als aller Weisheit Born erweist im idealen Pläneschmieden und -verwirklichen, -überwachen und –betreuen, universenweit, behutsam und entschieden magistral. Machst du mit Mir mit, so kann noch etwas aus dir werden, liebst du Mich, so will auch Ich dich als Mein Kind aufs Zärtlichste, Intimste und Beseligenste lieben.

2.4

In ewig jugendlichem Schwunge schwingt der Erdball sich sonnum, derweil diese sich galant im Tierkreis tummelt durch unerbittliche Äonen. Klaglos, minutiös von Mir geführt und abgezirkelt brandet sich die Sonne durch den Raum, Leben schenkend, Licht und Wonne den Trabanten ihrer grandiosen Sternenbahn. Kannst du ermessen, welchen Grossmuts es bedarf, um solch gigantsche Schwünge auszuhecken und ins Wirkliche zu transformieren, wo sie ewige Lebendigkeit geniessen. Unbeugsamer Wille wohnt Mir inne im gottseligen Betrachten dessen, was Ich Mir erschuf.

Leidlich wohlgeformt verliess der Erdball seine Werft in Meinem überragenden Gedankenleben und nahm Fahrt auf, sonnenwind gemäss, zu majestätischem Umrunden.

In diesem Kontext trägst du im Beschauen mit, was Ich ertrage und empfiehlst dich Meiner Schonung und Vermittlung in der Kombination von Licht und Schatten, Wärme, Kühle und Bewegungsenergie. Ich befruchte und belebe dein Gedankenarsenal durch alles was da stetem Sich-Umkreisen ausgesetzt und unterworfen ist im Gleichgewicht von Angezogenheit und Abdrift seiner hoch brisanten Bahnen.

Was die Astronomen sich begeistert und gewissenhaft zur Ansicht bringen ist, von Mir ausgedacht und inszeniert, in fabelhaften Schwung gebracht und stets in seiner Wucht gehalten worden. Nichts geschieht und kann sich dergestalt vollziehen, ohne dass ein monstruöser Wille und Beweggrund, eine Grille Gottes felsenfest dahinter steht und dem Lockruf des Versagens sein Statut der Unerbittlichkeitd entgegensetzt in grandiosen Seinsbezügen. Klein, so kleinkariert bist du dem Prachtbau gegenüber, den Ich jählings vor dir aufgebaut und aufgerichtet habe. Was dich tröstet und belehrt jedoch ist die Erkenntnis, dass du Wesen Bist vom Gotteswesen und verehrenswertes Sein vom Sein, das sich den Universenraum zum Spielfeld seiner Wonne und Wahrhaftigkeit erkoren. Du Bist in ihm und Bist hineingeheimnist haargenau in Seine Lage ohne jeden Zweifel für die Seinserleuchteten, denen strahlende Gewissheit ist, was Myriaden anderen noch als ein unlösbares

Rätsels vor dem ewig suchenden Gemüte hin und her spaziert.

2.5

Willst du rein sein, so vereine dich mit dem, der *ist* und der in jeder Phase deines Daseins seine Hand im Spiele hat, um dich mit deiner Geistesbarschaft immer weiter hochzuhieven. Bedenke deinen Anfang, darauf wirst du unwillkürlich auch dein Ende als in Mir und Meiner kosmischen Bedeutsamkeit bedenken. Da ist nie zu viel gesagt in aller Unbescheidenheit, die Mir obliegt herauszuspielen. Deine Kräfte sind die Meinen, deines Geistes Wohlfahrt muss der Meinen angeglichen sein, damit sie stimmig ist in jeder, von Mir ausgetüftelten und eingebrachten Situation.

Ich Bin das Wort in deinem Munde, wenn du reif geworden bist an deinem Schicksal wie an dem der Welt, in das Ich Mich in aller Form und Fabelhaftigkeit hineinbegeben. Genauso wie *Ich* Mich im Takt bewege hast auch du zu ticken, sowie dein Welterkennen bis zu Mir hinaufreicht in die Sphären des allgöttlichen Bewusstseins und Gehabens.

Mir kannst du kein X für das, was Ich die Seinsbewusstheit nenne, präsentieren. Mein Sinn ist so geschärft, dass Ich noch alleweil die Gräslein wachsen höre, die Ich Mir in Treu und Redlichkeit erschuf. Das wird auch dir gelingen, wenn Ich dir die Sinne bis zum gehtnichtmehr geschärft und Meinen gleichgeschliffen habe. Gehst du dann spazieren, weisst du ganz genau, dass Ich bei dir und mit dir jedes Hindernis erklimme, das sich dir entgegenstellt in seiner Rüpelhaftigkeit und zugleich hoch belehrenden Synthese mit dem was Ich seit Ewigkeiten intendiere.

Das Gelinde mach Ich gross und seinsbehäbig, die Geschwister, Geister und Gesellen deines Wirkens sind intim mit dem verwandt was Ich Mir Bin seit allen Zeiten, die Ich explizit als Meines Schaffens delikate Zuverlässlichkeit bezeichnen will. Dem altgewohnten kommt das Neue unbedingt und fabelhafterweis entgegen, das Ich aus Meiner Sammlung von Ideen ausgewählt und vor die Universenwelt getragen habe. Auch du Bist nach wie vor Mein Ideal und solltest dir bewusst sein, dass du von des Gottesgeistes Schlag beseelt bist, um dich in verehrenswerten Geistesräumen wohlgemut, bewusst und siebenselig zu ergehn.

2.6

Einstens hab Ich Mich dem Götterparadies entwunden und hab den Geistesweg zu dir gefunden in die Tiefen deines Tals. Was Mich dort beschäftigt? Alles in allem Bin Ich ein unverbesserlicher Pionier, dem es gelingt, stets neue Werte Wirklichkeiten und Holdseligkeiten zu kreieren. Kennst du die Beglückung, die das Schaffen in dir induziert, willst du nichts andres mehr in deinem Seelenportefeuille eingefächert halten. Es reizt dich Mich in allem nachzuahmen, was Erfolg, Rendite und Bewunderung bedeutet in der Welt der Könner und manierlichen Verwalter ihrer Angelegenheiten.

Wer ist denn das was wirkt und aufwirft, niederfallen lässt und pausenlos beerdigt in der Welten grandiosem Zauberrollenspiel? Ich - und weiter kann es nichts mehr sein, weil immer nur das Höchste dominieren und beherrschen kann in hierarchischer Gelassenheit und tausendfältigem Agieren.

Bist du schon einmal an den Punkt gelangt, wo deine Ansicht von der Welt sich haargenau mit Meiner deckte, womit die beiden Blicke in den einen überwältigenden flossen, den Ich seit Äonen innehalte über das Getuschel und Getriebe der beständig expandierenden Unendlichkeiten hin? Mich bis zum gehtnichtmehr verdehnen ist so süss und mehr noch das Zusammenziehen zu der Einheit aller Dinge und Geschwader, die erwartungsvoll um ihre Zukunft bangen. Gerade du sollst nicht im Trüben fischen in Bezug auf das was dir bevorsteht in der gloriosen Mitte deiner wohlgefälligen und wohlerwognen Inkarnationen. Es sind die Meinen, ohne dass du dirs gewahr wirst, in der noch beschränkten Sicht auf dein beständiges Erscheinen und Vergluten. Das ändert sich von Mal zu Mal, derweil sich deine Posthumanität in eine Neugeburt verwandelt von entzückender Betriebsamkeit und einem Aufmarsch von vergangnen Episoden, die männiglich verblüffen, derweil sie unverblümt dein wahres Antlitz offenbaren.

Hast du erkannt, dass Meine Züge sich in deine integriert, hineingeheimnist und veräussert haben, kannst du dich als Beherrscher deiner Welt wie als Bekenner und Bewunderer der Meinen fühlen. Singen wird dein Herz darob und Mir das Gotteslob erbringen im unendlich geistgesättigten Allhieren.

2.7

Wer trägt dir Pflichten auf, wenn nicht du selber; wer lässt sie wieder laufen, Ich, sowie sie aufs Präziseste erfüllt sind, Meiner Eigenschaft als Guts- und Blutsverwalter akkurat und peinlich dir gemäss.

Ich vermeide es, von dem zu reden, was du dir selber zu Gemüte führen müsstest in der Weltenwirklichkeit, in die Ich dich hineingestossen. Nur allzu spärlich pflegst du aufmerksam auf Mich zu hören, statt auf deinen eignen Sermon in des Herzens querulantem Ministerium. Du Bist so viel wie du gerade fähig bist in dein Begreifen aufzunehmen von des Lebens Umschwung und erschütternder Manier.

Ich trage dir den Frieden an von himmlischer Genügsamkeit, der Mich beseelt und dem zu folgen sich auf jeden Fall bezahlt macht, weit entfernt von aller Unrast und Verschrobenheit, in die der Weltbund sich verleiten liess. Mein Ding ist es, dich einem höheren Bewusstsein zuzuführen, als es dir bis dato zugemutet werden konnte.. Das bewirkt dann, dass du dich auf das besinnst, was du in Wahrheit Bist, im überirdischen Gefüge Meines Götterareals. Da triffst du auf dich selber als Mein Wesen und lässest dich von der Idee bezirzen, dass es ausser Mir und Meinem Sein nichts wirklich geben kann im universenweiten Umfang Meines Mich-Behütens.

Du schmunzelst selbstgefällig in der Sicht auf was du dir mit Fleiss und Andacht doch geworden bist in so und soviel anspruchsvollen Inkarnationen. Das ist ein Trugschluss, denn in Wirklichkeit Bin Ich Mir in des allgemeinen Lebens Plan und Blüte der alleinige Beherrscher und Behüter jeder Szene, die sich zuträgt im unendlichen Agieren. Das kann nur dergestalt geschehn, dass Ich dich Bin jederzeit und überall wohin du deine Schritte lenkst und deine Fingerchen verbrennst im Ungehorsam, dem du dich ergeben.

Walle zu Mir hin, indem du weise wirst an deines Schicksals grandioser Kleinwelt, die sich in Mir breitmacht in der Zeit der Raffgier wie des Seinsbehagens; seiner wert Bist du und wirst es einst in silbersheller Seligkeit erreichen.

2.8

Wer öffnet dir den Weg in die enorme Wackerkeit und Wirksamkeit der Geisteswelten, wenn nicht Ich, der Ich dich seit je und je gezielt und schonungslos beim Wickel halte. Du staunst Mich an, als ob Ich Hörner hätte oder dann ein pralles Bäuchlein wie es die Verehrer Buddas sich vor Augen halten. Dabei Bin Ich Geist vom Geiste, weltdurchflutendes Genie, von dem du profitierst in wunderbarem Seinsbehagen.

Was du Anstand nennst ist nichts als wohlverborgene, personifizierte Eitelkeit und Selbstbespiegelung, die dich daran hindert deine Umwelt regelrecht zu sehn. Erst wenn *du* dich von dir selber losgesagt und freigesprochen hast, kannst du begreifen, was es heisst, in eines Gottes Wesenheit und Pflicht, Wahrhaftigkeit und Lebensliebe integriert zu sein. Diesen Zustand musst du mit Geduld und gutem Willen, Redlichkeit und Gläubigkeit bezahlen. Ich wende Mich nur denen zu, die sich Mir vollends hingegeben haben. Das ist dann ein Fest der Herzensfreude, der Gottseligkeit sowie des reingewordenen Gewissens, das du mit Mir feiern darfst in wohlbemessenen Bezügen.

In Mir öffnet sich der himmelblaue Horizont und Lichtstrahl eines neuen Lebens, dem du dich für alle Zukunft weihst und widmest ohne im Geringsten nach noch besserem zu schielen. Göttliche Gelassenheit, Gutmütigkeit und Heiterkeit beseelen dich den lieben langen Tag jahraus, jahrein als wärest du ins Paradies versetzt, mit Geist und Haut und Haaren.

Wer spricht zu dir? Dein hocherhabnes Selbst, das Ich dir Bin in wunderbarer Übereinkunft und Selbanderheit mit Mir. Du Bist dich selbst und Bist auch Mich im selben Zug in wunderbarer Schicklichkeit und Treue, Wohlgeborgenheit und Wohlfahrt, die Ich mit den Meinen aufrecht halte. Deine Züge sind aus guten Gründen von den Meinen nicht zu unterscheiden. Sie verstrahlen sich ins All der Universenweiten wie es Meine Myriaden Sonnenlichter tun. So erfüllt sich Mein Prophetentum mit der Berufung: Licht vom Licht Bist du und Sagenhaftigkeit, mit Meinem Nimbus der Gottseligkeit beehrt.

2.9

Von kosmischem Bedeuten ist, was Ich dir voll Vertrauen ins bewegte Herzblut lege. Merk auf und spitze deine Öhrchen ob der märchenhaften Botschaft Meinerseits, dass Ich Mich im Verlauf der Schöpfungselegie mitunter in dein Wesensein verwandelt habe. Dass es so ist hast du bisher im Zug der Evolution im Prunkgemach der Universenweiten nicht erkennen können. Doch in der Weltenzeit und Zierde des bewussten Seins ist es Mir sehr daran gelegen, dass die frohe Botschaft dir zum Heil und Mir zu Ehren allen zuströmt, die sich nach Erkenntnis ihrer selbst und ihrer götterlichten Herkunft sehnen.

Die Dumpfheit deiner Daseinskorrelationen und beschwerlichen Synthesen lockert und entfaltet sich zu einer seinsbrillanten Lebensqualität von überirdischem Beginnen und Vollenden Meiner Art in dir zu wirken und aufs jedwelcher Geistesprüfung würdig zu bestehn. Das ist nicht bloss Meine Meinung und Mein Wunsch, sondern voller Tatkraft die Verwirklichung und Zelebrierung Meiner genialischen und allweit installierten Ideale.

Erkennst du dich als Tüpfchen auf dem I der Schöpfungsstrategie, die Ich von Anbeginn minutiös und mustergültig eingehalten habe? Dann kannst du ermessen, welch überragendes Bedeuten Ich gerade in dich und deinesgleichen ohne Pardon induziere. Solche Lehre soll dich wie ein Freudenfest und eine Herzenswohlfahrt tief berühren und dir mitten in den weltlichen Verirrungen und Plackereien eine Haltung zugestehn von bewundernswerter Überlegenheit und Überlegtheit Meiner Art zu denken und zu sein, im geistgesättigten Agieren. Bist du Willens, Meiner Introduktion und Meinem langgedehnten Sermon punktgenau in allem Ernst zu folgen, wächst du in der Tat zu einem Helden der

Gottseligkeit und Ebenbürtigkeit heran, der sich wohl sehen lassen kann auf dem Podest der Ehrungen und wissenschaftlichen Beweise, sowie der kongenialen Kunst zu sein in Mir und Meinen hierarchisch eingesetzten Götterdynastien. Sie *sind* und sind mit dir das Wunder der ins Kosmische gesendeten Glückseligkeiten, seinsbewusst und wahr.

2.10

Vernunftbegabte Wesen sind noch lange nicht auch geistbegabt in *Meinem* Sinne und Gehaben. Sie lassen es sich angelegen sein, was immer sie in ihrem Dasein konstatieren und entdecken können, nach Strich und Faden zu zerlegen, um es in der Summe seiner Einzelteile als erkannt, begriffen und erklärlich zu bezeichnen. Was sie dabei komplett vergessen ist das Wichtigste das jedem Wesen innewohnt, das Leben nämlich, das Ich Bin und welches sich in seinem Weltensein aufs Wunderbarste reflektiert im seinsgeschichtlichen Gebaren.

Wie kommt es, dass in diesem Kontext ganze Heere wissenschaftlich und seziererisch Geschulter alles, was da *ist*, zu wissen scheinen und Mich dabei vergessen, ohne den ja nichts und wieder nichts geschieht. Sie sind zu intellektuell und zu gescheit geworden, zu eigensinnig und Sich-selbst-Betrachtend, als dass sie noch das Ganze, das Ich auch in ihnen Bin, erkennen, respektieren und in aller Form erfahren könnten.

Gerade das jedoch ist schon immer Mein bewundernswertes und begehrtes Fach gewesen, dass Ich *weiss*, derweil die reinen Denker eben gar nichts wissen können von der überirdischen Struktur, die als die Geistwelt hinter allem, was da physisch offenbart ist, existiert und mehr ist an Substanz und Qualität, Bewusstheit und Erhabenheit als alles noch so schön gefärbte Universensein und -scheinen.

Bist du mit Mir einig, kann es mit dir weitergehn zu einem Dasein höherer Ordnung und Gewissenhaftigkeit, die Mich in alles, was da gang und gäbe ist, mit einbezieht als DAS, an dem die Dinge dieser Welt wie halbgereifte Früchte hangen. Vermagst du den Prozess des Reifens in dir zu verspüren, kann Ich dir von Rätselfall zu -fall gehörig weiterhelfen, indem Ich dir das zu Erkennende in gottgesegneter Manier und Minne offenbare. Ich setze Mich an deiner Stelle auf den Thron der Lebenstüchtigkeit und Tatenfülle, der Seinsbewusstheit wie der Kraft der sprudelnden Gedanken, die dir dein wahres Wesen als das Sein an sich, als das Plausibelste und Klarste, Seelenvollste, Heiterste und Wonnevollste präsentieren.

2.11

Du wunderst dich wieviele mit geschliffner Zunge ihrem Idealbild von der Welt wie von sich selber Geltung, Anerkennung und Bewunderung verschaffen wollen. Das mag recht und gut sein für den Bänkelsänger seiner eignen Weisheit, Weitsicht und geschniegelten Parteiparole. Dem Suchenden jedoch genügt das nicht, dass heutzutags einjeder sich sein eignes Weltbild und Relieve verschaffen will und muss in seinem veritablen Seinsgefühl. In tiefe Meditation versunken kann er mählich und geflissentlich Mein Wort zum Tage wie zur Ewigkeit vernehmen, das seine Seelenlandschaft bis zum letzten Zipfel übersät, bewässert und befruchtet, besser gehts nicht mehr. Hast du dich an Meinem Geistesarm und graziös gezogenen Geländer endlich bis ins reine Sein erhoben, gilt, was bisher die Doktrin des Lebens für dich war, nicht mehr. Du segelst wie auf einem still verträumten Ozean durch die Unendlichkeit des Daseins friedevoll dahin und lässest alles kritisieren, kontrahieren, malträtieren und dressieren lächelnd hinter dir. Was du dir Bist, ist wie mit goldgeschwängerten Vokalen und im Silberglanz der Konsonanten in dein Lebensbuch geschrieben und erheitert und erhält dich Meinem Sinn gemäss beständig in geschwisterlicher Schöne. Was radikal war, ist nun ruhig strömendes Begüten aller Lebensdinge mit des Seins Bravour wie mit dem Timbre Meines stimmungsvollen Weltenwaltens.

Was du niemals konntest hat sich leichterdings und seelensicher in dein Können eingefügt und lässt dich auf den langgedehnten Wogen deines Schicksals sicher und gekonnt einhergehn, so als wär` es immer so gewesen. Du gehst an Meiner Hand und Haltung, Hirtengüte und Behutsamkeit, von keiner Unbill mehr berührt, einher als Seinserleuchteter Genosse, Günstling und Verehrer Meiner Künste, wie geschaffen durch ein frisch gezognes Gotteslos. Ich habe dich erwählt und du hast Mich für dich gewonnen in demselben mustergültigen Dich-selbst-im-Sein-Gewahren. Das wird dir nimmermehr verblassen, sondern strahlend wie das Sterngewölbe über deinem glückerfüllten Haus und Haupt im Weltenreich und überirdischen Elysium der Geisterkenntnis stehn.

2.12

Gesund und kregel will Ich dich an Meiner Hofstatt sehn. Zudem erleuchtet und begeistert von der Fülle Meiner weltentragenden Verbindlichkeiten. Sie sind das Agens Meiner kräftevollen Unternehmungen, die von A bis Z das Gütesiegel Meiner Seinsvollendung an sich tragen.

Du bist in deine Lebenswelt hineingeboren, um darin in *Meiner* alle Herzensprüfungen, Verwandlungen und Höhenfahrten bestens zu bestehn. Mein Teil daran ist schon geziemend eingefahren und hat sich schon seit Generationen ausserordentlich bewährt in seiner Folge von bewundernswerten Präsentationen. Der deine muss nun folgen mit derselben Inbrunst und Gewissenhaftig-keit, Vehemenz, Gutwilligkeit und Überzeugung am gottseligen Geschehn. Dir dämmert auf, dass Ich Mich an allem, was da *ist*, aufs Köstlichste erlabe und die Unbescholtenheit und Klugheit Meines Seins in alles strömen lasse, was Ich Mir zur Freude spielerisch erschuf.

Gang und gäbe ist es bei Mir, einerseits nur das zu wollen, was Ich kann, doch weil Ich zu allem fähig Bin ist Meinem Wollen freie Bahn durch alle Universenweiten, Lichtungen und Offenbarungen gewährt. Meine Regel ist der Drang zur Spontaneität im Handeln und Gewähren, im Verwandeln und Bewähren durch den Siegeszug der Sternenwelten hin. Nur Ich kann regelrecht ermessen, was sich da in Szene setzt, in Galaxienschauern, Krabbennebeln, zügigen Verfinsterungen wie mit allen lichterstrahlenden Giganten am, von Meinem Sein durchpulsten, Firmamente. Ich überschaue das Erhabene, derweil du noch den Blick gefangen hältst auf Kleinlichkeiten, die dir miserabel anstehn in Bezug auf das, was du in Wahrheit Bist, als Meiner Schöpfung krönendes Relikt und Risiko, Rapunzel und geniales Lustgebilde von erheblicher Potenz im Sinnkraft-Offenbaren.

Meine Würde ist der deinen eingepflanzt seit eh und je und muss nur inniglich gepflegt und liebvoll aufgezogen werden. Das gebiert dann Taten von beglückender Synthese mit den Meinen und erfüllt dein Sein mit allgenesender Glückseligkeit und Lebenswonne, Geistigkeit und Spontaneität von *Meiner* Wucht im Wellenschlagen.

2.13

Jedes Werk und jede Werkstatt hat sein gutes, weil darin des Schaffens Elegie und Eleganz, Koketterie und Bruderschaft vonstatten geht. Auch deine eigene floriert, doch nur, weil *Ich* sie peinlich prächtig unterhalte und ihrem Schliff den Meinen angedeihen lasse. Deine

Brötchen sind in Meiner Glut gebacken und deine Backen kriegen Futter jederzeit nach Meiner Grossmanier. Das ist, weil Ich das Zepter wie die Zügel der Lebendigkeit gewandt und fest und festlich in den Händen halte der Vernunft an sich wie des gehörigen Bedenkens jeder noch so festgefahrnen Situation.

Was in Mir klingt schleicht sich als Ohrenschmaus um deine Läppchen und entzückt dein Herz vor allem um der auserwählten Melodienfolgen willen, die Ich laufend produziere. Ganz ernsthaft geh Ich mit dir ins Gericht, weil du so viel vergisst, was deine Pflicht und Sitte wäre, im bedauerlichen Säumigwerden. Ich hingegen Bin der Saumpfad, den die Tapfersten der Säumer Gottes mutig und bedächtig, griffig und bedenkenlos beschreiten. Das nenne Ich Gewandtheit Mir entgegen und schlussends Geborgenheit in dem, der *ist,* in seiner sinngeladnen Attitüde.

Woran willst du verzweifeln, wo doch alle Lebensfäden wohlgehalten und gekonnt durch Meine Finger gleiten. Sie sind gekoppelt mit dem Einmaleins der schönen Künste, die noch alleweil das Herz bezaubert und den Sinn verblüfft und angereichert haben.

Auf die hohe Kante leg Ich dein Verlangen. Es ist eben so, dass das Unbeständige, Unstete und Verbissene in deinem Leben dich von Mir entfremdet, der Ich doch dein allergrösster Förderer und Freund Bin seit du existierst. Komm und lass dich weiterhin von Mir berühren und zum Seligsein verführen mitten in der Welt der Reibereien um das allgemeine Wohl, wie der Betriebsamkeit ums goldene Kälbchen, hüpfend vor dir her.

Ich gewähre dir den Schimmer reinen Lichtes vor dem Morgenrot ja, mitten in den Nächten, die du durchzustehen hast, von Mir zum Pfand für deine Seligkeit gegeben. Du bist Mir gerade recht, geringer Knecht, zum König aufzusteigen der Allherrlichkeit und Herzenswonne, Langmütigkeit und kolossalen Seinsgerechtigkeit und Liebenswürdigkeit in Mir.

2.14

Der Winter wie der Sommer sind Mir recht und deine Attitüde von Gerechtigkeit und Wohlfahrt soll von Mir aus niemand beugen. Demnach zähle Ich darauf, dass du aus alledem gewinnst was Ich an dich verliere und dass in deinem Denken allgemach das Meine gottbewusste überwiegt. Du sollst, wie Ich, die Schatten meiden, die von Meinem Strahlenlicht erstehn und sollst dich rühmen, eines Gottes Ebenbildlichkeit zu sein in deinem Herrschertum wie in der Hoffnung auf gebührend bessere Zeiten.

Nie und nimmer sollst du das verkennen, was Ich als richtig und dezent für Meine wie für deine Wesenswelt erkannt und ausgerufen habe. Alles, was von Mir kommt, wird dir einmal nützlich sein auf deinen vielverschlungnen Wegen und wird dich endlich auch an Meine Stätte führen des Erhabenseins und des Gestaltens neuer, wunderbarer Seinsdimensionen.

Du kannst stets von Glück und Güte reden unter der Regie von allem was dir durch Mein Interregnum willentlich geschieht. Alles ist von Mir gewollt und würdig, auf dein Dasein angewendet und gemünzt zu werden.

Deine Geistes Mühlen stehen still in dem Moment wo *Ich* kein Lebenswasser mehr in ihre Löffel giesse. Das zu anerkennen und danach zu handeln ist dir aus der Güte Meines Herzens aufgetragen, damit dein Hiersein blüht und duftet, tief berührt und aufstrebt Meinem reinen Odium entgegen.

Nicht vergebens habe Ich Mich in dein Sein verwandelt mit der Absicht, Meinem eigenen den Nimbus der sich selbst verströmenden Gottsseligkeit und Wesenhaftigkeit, Erhabenheit und Seinsbewusstheit zu verleihen. Ist dir das bewusst und heimisch, angenehm und adäquat geworden, kannst du deinen Jubel stürmisch in die Hände schlagen und Mir das Gotteslob verkünden über alle Weltenweiten hin.

Tradition ist bei Mir hoch gewichtet, Neuland jedoch noch viel mehr. Und das soll auch in dir als Geistesblitzen dein Gemüt beschlagen. Passe dich Mir an, und künftig wird dir jeder Pass aufs Herrlichste und Zärtlichste gelingen, weil er Meiner Wurfgenauigkeit entspricht, in wohlgeordneter Manier. Das ist Mein Credo über allem Kreditieren, sowie Mein Wohlverstand im Wirkfeld Meines Seines in den Universen- wie den Sternenweiten im gottseligen Allhier.

2.15

Will Ich sprechen, so verhülle Ich die Lebensdinge und schreibe sie dann doppelt teuer an. Meine Günste, Künste und Bewirtungen sind nicht für jedermann zum selben Preis zu haben. Nützen sie dir viel, muss sich dein Einsatz, um sie zu gewinnen, bis ins Unermessne steigern, das Ich Bin in der Begrifflichkeit der Geistessphären.

Willst du etwas leisten, so durchschaue erst einmal den Aufwand der sich einstellt beim beackern der erwählten Furchen. Dann aber setze dich in Trab und ruhe nicht, bis du die allerschönsten Früchte aufgezogen. Sie gereichen dir wie Mir zur Ehre in dem Universenwerk, das wir in corpore vollendet haben.

Eh du so recht begonnen, ist Mein Anteil an dem Myriadenunternehmen schon vollbracht und Ich wende mich zu neuen, überragenden Partizipationen.

Fühlst du dich geschliffen, schleife Ich dich zehnmal wieder ab, bis du in unnachahmlicher Grandezza vor Mir hergehst, als der Herzog deiner Sippschaft und der Hüter Meiner wohlerwogenen Traditionen.

Gib Mir doch ein Zeichen, wenn du wirklich weiter kommen willst auf dem Pfad zum ewigen Gesunden an dir selbst sowie an Meiner Philosophie des freien Über-dich-Verfügens. Ich gebe niemals auf, derweil es dir im Blute liegt in aller Form vor deinem eignen Mute zu stagnieren. Das ist, weil du dich Meiner nicht entsinnst in deinem Orgeuil mehr zu sein und besseres zu leisten, als es vordem war. In Meiner Hemisphäre jedoch lässt sich alles wie am Schnürchen an und haspelt sich in unerhörte Weiten des gottseligen Zusammengehns. Meine Beutel sind gewappnet für die Reise ins unendliche Geschehn, das sich im Geistraum zuträgt als von Mir aufs Löblichste und Trefflichste beschrieben. Zwar befindest du dich jetzt schon mittendrin, jedoch kannst du das Über-sinnliche und Überirdische kaum noch gewahren.

Was Ich dir je entzogen habe, bring Ich deinem Wesensein zurück, sowie du reif geworden bist für das beglückende Mein-Sein-Gewahren. Du wirst dich in ihm baden wie der Fisch im Wasser, wie der Vogel im Azur und wirst den gloriosen Anteil haben an allem was Ich Bin im Universenreich der Sternennächte wie der Sonnentage im unermesslichen Umfloren. Du feierst die Erlösung von dem Erdenwahn und steigerst dein Bewusstsesein bis zur Herrlichkeit von *Meinem* Sang und Klang, von Meiner Güte und Gelassenheit, sowie vom unentwegten.. Vorwärtsstreben,.. neuen.. Bildungen und

Ahnungen, Überzeugungen und seinsbewussten Seligkeiten zu.

2.16

Schon wieder darf es eine glänzende Rochade sein, um die Wirkung der Figuren zu verstärken und dem Siege Meinerseits die besten Chancen einzuräumen. So ist es jüngst geschehn und so geschieht es immer wieder, wenn Ich den wesentlichen Teil des Werks in genialen, gloriosen Händen halte.

Mein Standard ist der Stellung angemessen, die Ich im Weltgetriebe innehalte und an der wohl niemand ernstlich rütteln kann in seinem Drang zu kritisieren und noch jedem Ansatz den Garaus zu machen. Meine Stärke ist die Stärke der Titanen, die in Meinem Auftrag handeln und ihr Handwerk bestens und befeuernstens verstehn. Du kannst ja nicht im Ernste glauben, dass die Lebensdinge weltweit sich von selbst begreifen und die komplexesten Getriebenheiten ohne hintergründige Behutsamkeit vonstatten gehn. Das ist nun Meine Taktik, dass du weisst und wieder nicht, wie sich die Seinsgepflogenheiten und -geschichten regelrecht zusammenreimen unter Meiner geisteswissenschaftlichen Regie. Ich Bin bestrebt dich aufzuklären über das, was wirklich *ist,* im Weltgeschehn wie in der universenweiten Seinsnatur, über die Ich nach wie vor den gottgesegneten Befehlsstab halte.

So trifft alles, was Ich seinsbewusst und clever in die Wege leite, haargenau und haarscharf zu und ohne, dass es Mir gefällt nach anderem zu schielen. Meine Sitte ist die Sittsamkeit der Geistheroen, die sich einer gotteswürdigen Kultur befleissigen ohne jeden Abstrich und bedauernswerten Abgesang im Trüben. Ich vermeide es mit aller Kraft und Wirksamkeit etwas Desolates auch nur anzurühren, geschweige denn geflissentlich zu tun.

Deine Hände sollen, wie die Meinen, glänzen von der Reinheit die Ich ihnen zugedacht. Meisterliches sollen sie vollführen mit der Unbefangenheit, dem Glamour und der Liebenswürdigkeit die ihnen eigen. Nun wähle du und wähle gut, ob es sich nicht in aller Zukunft lohnt, an Meinem götterlichten Strick zu ziehn und damit die Ideen Meiner Zunft und Züchtigkeit vertrauensvoll voran-zubringen. Sie sind das A und O der Sternenwelten, denen wir gemeinsam innewohnen und die uns Heil und Heimat, Sinnkraft und Geborgenheit, überragende Bewusstheit und nie endende Glückseligkeit und Heiter-keit bedeuten.

2.17

Was immer dich bewegt bewegt auch Mich in Meiner Art Mich zu bewegen. Zierflüsse sind bestrebt, dich zu durchrieseln ohne von Mir abzulassen der Ich sie ge-schaffen und wie nichts beschleunigt habe. Hast du den Nimbus, der Mich jederzeit umgibt, gehörig aufge-brochen, lässt du dich von Mir und Meinem Windspiel in die Sternenweiten treiben. Es gelingt dir ohne weiteres aus dem, was du dir Bist, Mein Schicksals Abergründig-keit und Ideologie herauszulesen. Das hebt dich ganz entschieden über alle Kinkerlitzchen und Marotten deines Erdenseins hinaus und lässt dich vor dir als ein Gottgesegneter und seinsbewusster Geistmagnat erschei-nen.

Willst du, so kann Ich dir mit einem Schlage tüchtig auf die Socken helfen eines Seinsgelehrten von unendlichem Format und liebenswürdigen Benehmen. Du *weisst* und bist bestrebt dein Gotteswissen auch gehörig an-zuwenden in der täglichen Verschlafenheit, die dich umgibt von Myriaden. Deine Züge sind vom Kennerblick gekonnt und anstandslos mit Meinen zu vergleichen und sind nichts anderes als das seit aller Zeit gerühmte und berühmte Sein, in ungezählten mustergültigen Entwicklungsphasen.

Zwar will dich immer noch das Lächerliche resolut umhüllen, doch die Strahlen deines Weiseseins vermögen mählich jedes Dickicht zu durchdringen, um sich mit den Meinen zu einem Freudenfest des Seinserkennens zu vereinen. Das wird dann nimmermehr verebben und sich in liebevoller Selbstverständlichkeit in die Allweiten transferieren.

Bist du allverständig und in Mich vernarrt geworden, kann dir nichts mehr fehlen, um an Meiner grünen Seite Evolutionenschritte zu vollziehn von kosmischen Format. So klein du bist, so grandios wirst du in Meiner Jagdgesellschaft nach bewundernswerten Geistesgütern Ausschau halten, die das Universenreich in farbenfrohen Prachtgeschwadern figalant durchziehn. Meine Sehnsucht ist es, allen Wesen die Gelegenheit zu bieten dem Wahrhaftigen minutiös und mustergültig auf die Spur zu kommen und sich dadurch über nichts mehr zu mokieren, das da *ist* auf seinem langgedehnten Wettlauf ins allherrliche der Gottessphären. Noch träumst du, doch steht dein Erwachen zu Mir kurz bevor und deine Freude und Holdseligkeit, Erhabenheit und Himmelsheiterkeit wird dich im Unermesslichen konstant umweben.

2.18

Ja, du kannst, wenn du nur willst, die Morgenluft bereichern mit dem Zierspruch: so wie Ich Mich sehe Bin Ich der Ich Bin mit der Betonung auf „das Welten-Ich" mit allen seinen sinnbegabten und bedeutungsvollen Qualitäten. Die Berge stehen still, die Vögel setzen sich auf ihnen nieder und die Luchse wie die Hasen ruhen auf den Hinterläufen Meinem Wort zu lauschen, nur die Menschenvölker finden keine Zeit dazu. Sie rasen durch den Tag bis ihnen ihre wunden Füsse brennen und rennen auf und nieder in das sichere Verderben. Denn solang sie Mich in sich nicht kennen, hat alles, was sie tun, kein Knusperbrot.

Hast du dich noch so oft verstiegen, Ich steige dir behänd und wuchtig nach und einmal wird Mein Eifer siegen unter Meinem eignen Heimgefühl. Du magst dich noch so sicher wähnen und zitterst doch ob jedem Windhauch der dein Näschen überfährt. Du prahlst mit dem Erfolg der dir beschieden und lässt ihn laufen, sowie du von Mir aufgefordert wirst, dich aus dem Leben wegzustehlen.

Ich gebe dir die Richtung vor und wenn sie dich begeistert trittst du freien Herzens unter Meinem Joch den Siegeszug in das Unendliche an, das Ich dir als Mein Kind und Ebenbild aufs Zärtlichste beschieden. So ist die Echtheit *Meinen* Pfründen garantiert und aus den Geisteswissenschaften steigt die Wahrheit himmelan ins Weltgewissen, das Ich Bin und zu dem auch du dich unfehlbar gesellen wirst in fernen oder nah gesetzten Zeiten. Meines Götterwillens Supervision hält dich im Zauberblick gefangen, mit dem Ich Sternenweiten überstreife, um die Guten zu begüten und den Säumigen das Herzblut zu entzünden für den Einmarsch in Mein azurblinkendes Juhee.

Mein Prophetentum trägt dir den Sternenglanz entgegen, den deine Seele schon seit eh und je aufs Dringlichste ersehnt hat und dem du jetzt schon huldigt, ohne noch zu wissen, wo und wie. Meine Wege sind mit Herzensgüte, Wohlverstand und Auserlesenheit belegt, um dich ins Himmelreich von Meiner Geistesfülle und Prosperität zu hieven. Mitten in der Lebenswelt erfährst du *Meine* als das neuerstandene Elysium von Meiner Art zu sein, derweil sie auch die deine wird in wachem, glück- erfüllenden Beleben.

2.19

Willst du wollen, so wende Ich Mich deinem Wirken zu und übertrage dir die Sendung, die Ich für dich vorbereitet und auf dich zugeschnitten habe. Du gehst mit ihr von Ort zu Ort hausieren und stellst dich dabei so geschickt, vertrauenswürdig und gelassen an, dass sich jedermann davon erbauen lässt und dass ihm die Erleuchtung zukommt, die ihn auch gebührt.

Wenn du dich würdigst, Mir auf diese Weise regelrecht zuvorzukommen Bist du ein gemachter Mann oder ein von Mir prämiertes Fräulein, denen Ich das Siegeskränzlein auf die Stirne und den Jakobsstab ins Händchen drücken kann. Dann seid ihr die Exponenten Meiner Kunst zu sein und an Meinem Hirtenleben teilzunehmen.

Auf welche Weise muss Ich dir denn Meine Existenz noch zu beweisen suchen, wenn alles, was Ich bisher unternommen habe, für die Katz war, Mein vielgeliebter Seinskumpan. Da kann nur eins noch fruchten, dass Ich dir gehörig unter Arm und Busen greife, um dich sachte aufzuheben von dem Elend, Seinsverlust und kapitalen Irrtum, in die du dich geführt. Die Liebe wird es richten und die Treue zum Geschöpflichen wird Vorrang haben vor dem dräuenden System der Penitencia, das Ich als Wandbild vor dir aufgezogen habe. Das Miteinander wird vor allem Gegensätzlichen bevorzugt werden und die Dumpfheit, Dummheit, Arroganz, Taktlosigkeit und Sturheit der Geschichte noch dazu. Mein Markenzeichen ist die Theorie und Praxis der gottseligen Verbindlichkeit auf die Ich schon seit und je in aller Deutlichkeit und Geistesminne hingewiesen habe. Deine Strümpfe stehen in den Sümpfen und dein Haupt geniesst die Sonnenstrahlen, die von Meinem Geistesauge ausgehn und das Weltenall mit Liebe, Licht und Leben myriadenfach durchströmen. Das ist, was wirklich ist, und was Mein Sein bedeutet, wie auch deines in der vollendeten

Erhabenheit, Glückseligkeit und Majestät der lichterfüllten, liebevollen Himmelssphären.

2.20

Allein was *Ich* zu sagen und zu definieren habe, bietet Weltbedeuten an und stellt wahrhaftig alles in den Schatten, was bisher vom Sein geredet und behauptet worden ist von gottesfreundlichen Gemütern. Mein A war als Substanz und ungeheuerliche Kraft schon immer da und brauchte sich nicht in die Höh` zu zählen. Was an Weisheit aus Mir strömte, brandete und in gigantschen Wogen sich durch Raumesweiten schlug, war dem Prinzip des Wohlklangs wie der Weitsicht unterworfen, die sich seit Äonen ausserordentlich bewährt und in die Universenfibel eingetragen haben.

Bin Ich nach deiner Ansicht nicht von hier, so trete Ich in jedem noch so kleinen Lebenskunstwerk wie in jeder Galaxienwolke als derselbe geistgesättigte Urheber an, dem niemals beizukommen ist mit noch so vielen faulen Tricks und mustergültigen Scharaden. Ich muss Mich nicht bewerten lassen, um für alles oder nichts gehalten und fixiert zu werden. Mein Sein dehnt sich nicht aus, noch zieht es sich zusammen, weil es *ist* und überall die erste Rolle spielt im grandiosen Welttheater, das Ich erkennend und gewaltend, fabelhaft und findig inszeniere.

Meine Raison ist das Recht - im Schaffen unerhörtes zu gebären, dessen Nachhall Generationen moduliert, durchschüttelt und sie zu Erben der Gottseligkeit und Seelenaugenfrische stilisiert von nie verblassendem Geplänkel wie von sinngeladener Potenz im Pläneschmieden.

Was du nicht hast, das habe Ich dir klüglich vorenthalten, weil dir das Lernen wohl bekommt und zugleich nottut, um aus den Phasen deiner Kindlichkeit emporzuwachsen in den Halo reinen Lichts mit dem Ich Mich seit eh und je umhüllt und ins Unendliche verzogen habe. Das Paradoxe ist Mein allerbestes Metier, mit dem Ich dich am Näschen um und um und wiederum verführe. Sein und Nichtsein, Nichts und Alles, Kollektiv und Einheit sind allein Mir vorbehalten und können nur von wahrhaft weisen Geistern vor dem Gottesthron erkannt und ausgehalten werden.

Bin Ich, so Bist auch du und Bin Ich nicht, verschwindest du von allem was du Bist im Nu, derweil Ich Mich im Numinosen heiter, weiter und gelöst verborgen halte.

2.21

Wo willst du sein, in dir, in Mir, in der Umgebung deiner Floskeln, Fabulierungen, Verhältnisse und Indikationen, oder in der seelenvollen Weichheit Meines Seins in abervielen Gütegraden. Mir könnte das egal sein, doch Ich schneide Mir damit ins eigne Fleisch, weil Ich nun einmal dich Bin in verehrenswerter Weise und mit dem Bewusstsein Meiner Göttlichkeit im wonnevollen Numinosen.

Kannst du schreiben, schreibe dies: Ich Bin und muss mit nichts bedeutenderen, umfassenderen und respektablerem zu rechnen haben. Meine Wände sind mit Sprüchen vollgeschrieben, die von Weltbedeutung triefen und schon immer Überlegungen ins Leben riefen von vorwärtsdrängendem Elan wie von der Absicht, Güte und Gelassenheit, Gutmütigkeit, Geselligkeit und Wachheit zu kreieren. Willst du träge sein sieh zu wie *Ich* vom Schiff aus Welten dirigiere und kreiere. Dann mach dich schleunigst auf die Socken, denn auch dir gebührt es deine Sporen abzudienen, bevor du dir die faule Haut zum Liebeslager auserwählst.

Ich lege dir zurecht, was deinem Mass und deinem Sinngehalt entspricht, doch du tendierst dazu, es wieder gründlich zu verwirren in der Tage Saus und Braus und Meckerei an allen Stumpeln, die für dich noch übrig bleiben.

Komm Mir nicht mit Aufwand und Gefahren. Ich verleihe dir Kredit und Sicherheit im selben Mass wie du sie von Mir forderst und damit dein Sein beförderst ungestüm, salut und wahr.

Was du Bist ist nicht der Rede wert im Verhältnis zu dem Überragenden, das Ich in dir Bin, um dein Weltsein ins Allgöttliche zu führen. Ich an deiner Stelle würde Mich mit Wonne als Geliebter in die Arme eines Götterwesens werfen, um darin aufs Beste aufgehoben, maniriert und situiert zu sein für Ewigkeiten.

Das ist wahrer Trost in deinen Gängen: Wahrhaftigkeit im unbestimmten Los und Liebenswürdigkeit am Sein in allen weltlichen und göttlichen Belangen. Nichts mehr hast du zu verlieren, aber alles zu gewinnen auf der Fahrt in Meiner Geistesbarke durch die Wetterwogen zum ersehnten Ziel. Mein ist dein und Meine Interventionen heben dich ins Glücklichsein hinan mit der Sicherheit des Nordsterns wie des liebelichten Sterngewölbs dort oben.

2.22

Willst du wissen, so frage nur dein Herz, es wird dir über deinen Zustand haarklein Auskunft geben. Spitze deine Seelenöhrchen und vernimm Mein Wort, das reine Wahrheit ist, beglückende Verheissung und unendliches Relieve. Ich trage dir nichts nach, du musst es füglich bei Mir holen und dabei keine Mühe scheuen, um den steilen, sinuösen Weg zu Mir zurückzulegen.

Ich begleite dich, wie es einst Simon auf dem Kreuzweg für Mich tat. Das bewirkt dann eine Seelensicherheit von wunderbarer Tröstung in dem Leid, das du erfahren.

Hab Ich dir die Krone auf das Haupt gesetzt, so lege Ich dir auch das Kreuz auf beide Schultern, damit du deine Menschengöttlichkeit aufs Innigste erfährst. Dein Reich ist nicht von dieser Welt, wie Meins, und dennoch musst du hier und jetzt, das was du Bist, ertragen. Es wendet sich das Blatt und deine innern Qualitäten offenbaren sich dir wunderbarerweis in Meinem Lichte wie in Meiner Strategie, das Hintergründige vor deinen Seelenblick zu tragen.

Dann brauchst du nicht mehr „Mayday, Mayday", in den leeren Raum zu rufen. Meine Haltung ist dein Halt und Meine Worte sind die Antwort auf dein inigliches Fragen.

Was kommt muss kommen als auf dein Geheiss und muss sich wieder wenden, sowie du deine Blicke von ihm wendest, in der Einsicht in dein Wohl und Wehe, alleweil von Mir. Womit Ich immer dich begabe, hast du einst unwirsch oder seelenvoll von Mir gefordert so, als ob es unerlässlich für dich wäre. Doch mit der Zeit wirst du Gelassenheit in dir verspüren und das Zuviele mit dem Wenigen ersetzen, das dir wirklich nottut auf der Fahrt in Meine, deine Wesensgründe. Es rollt die Woge grosser Freude auf dich zu und überschüttet dich mit Liebe, Licht und Leben aus der Fülle reinen Seins, dem du dich vertrauensvoll dahingegeben. Das Wissen um die Einheit aller Dinge trifft dich wie ein Zauberschlag und das Wesen der Unsterblichkeit blüht in dir auf, wie jede Knospe sich dem ewigen Frühlingslichte stumm und still entgegenreckt in friedevollem Sich-im-Sein-Bewahren. Du Bist und Bist das Licht aus Meinen wonnevollen Schalen, die die deinen sind, in Mir.

2.23

Deine Performance sollte keine roten Zahlen produzieren, so wie Meine niemals anstösst oder sich verhängt mit butterbirnigen Bedenklichkeiten.

So viel du immer weisst, wenig ist es im Vergleich zu dem, was alle wissen sollten: dass sie *sind* und dass ihr Sein das Einzige ist was wirklich zählt im Schnurrelauf der glitzernden Äonen. Ich stehe in dir auf und trete mit dir jene Reise an, von der noch keiner Lust verspürte je zurückzukommen. Das ist, weil die Erhabenheit und Herrschaft über alle Weltendinge allzu schön ist, um sie wieder preiszugeben.

Gang und gäbe ist es bei Mir, jene ganz besonders auszuzeichnen, die das Wagnis unternehmen alles bisher so konstant und vehement Verteidigte hinter sich zu lassen, um zu unbekannten Ufern aufzubrechen und an ihnen den ersehnten Siegeskranz voll Freude in Empfang zu nehmen. Schöpfst du Verdacht, so kann Ich dir nicht helfen, denn nur Vertrauen zeitigt Wohlfahrt, und Vereinigung mit Mir bringt wahrhaft heiteres Relieve. Komisch mutet es Mich an, dass du so lange brauchst, um Mir, gerade Mir, zu folgen in der Folgerichtigkeit der Auseinandersetzung, die Ich mit dir pflege. Du scheinst dir noch zu schön zu sein, um Meiner Art von Schönheit einen Dienst zu leisten und um gerade Mich als deinen Schöngeist bedenkenlos zu akzeptieren.

Früher waren es die Ghibbellinen, die die Guelfen anzuheulen pflegten. Heute heulen sich die Wölfe massenweise durch den Wald, den sie sich selbst geschaffen, den Verirrungen zufolge in des Lebens labyrinthischem Juhee.

Nun gilt es aufzuhören mit dem Flennen und in die gute Stube des Bewusst-Seins einzutreten, wo den mageren die fetten Jahre folgen in der Geistes-Wirklichkeit, die dir von Mir herzinniglich beschieden. Die Belange deines Seins sind von Mir offensichtlich vor dich hingelegt und werden dich wie Diamanten, hellblauäugige Saphire und geheimnisvoll verschleierte Opale faszinieren. Die Wende zum Allgöttlichen ist dann geschehn und du Bist rundum gleichgesichtig und global, seelenselig und beständig als in Mir zutiefst beglückt geworden.

3

Sternenübersäte Weltenräume

3.1

Und da hinein gilt es Mein Seien zu beschreiben. Es fängt weder unten noch zuoberst an, weder früher noch später, weil es *ist* und demnach weder Zeit noch Raum benötigt, um sich auszusprechen und sein Dasein sachgerecht und sicher zu begründen.

Ich lasse Mich getrost und heiter, punktgenau und lebenstüchtig in Mir selber nieder, wo der Ansatz wie der Fortsatz stimmig sind und die Fahnen des Erfolgs geflissentlich auf Vollmast stehn. Meine Gabe ist Vergabung reiner Weisheit allen, die sie haben wollen. Mein Idol ist das der sternenübersäten Weltenräume, über die Ich ohne jeden Zweifel, zwecklos und gekonnt, richterlich und radikal das Zepter führe.

Will Ich nun ein Geck sein, ein Banause, eine Gerte Gottes oder ein Gelehrter der Allherrlichkeit, immer Bin Ich Es sogleich auf eine Art und Weise, die besticht und die sich bestens dazu eignet, Mich im Überall unwiderstehlich und gewissenhaft zu etablieren.

Für Mich ist alles umgekehrt im Sinn der angemessenen Bezeichnung Meiner Güter. Alles, was sich aus dem reinen Sein erhoben hat, ist für Mich Nichtsein, derweil es dort als wirklich, wesenhaft und seinspotent gefeiert wird in hochgeworfnen Jubeltönen. Die Begriffe sind es, die am Laufband hin und her geschoben werden, die Gegenstände des Begreifens aber *sind* und sind sich selbst in aller Form und Fertigkeit und können nicht aus ihrem Sosein ausgehebelt werden.

Das Ich Bin ist Meine Stärke und, dass ich gar nicht anders sein kann, Mein Brevier, das Ich schon seit Äonen unaufhörlich bete. Was mager ist, ist zugleich fett, was als tot erscheint, ist seinslebendig wie zuvor und was als Tücke in den Raum spaziert, verwandelt sich in Weisheit,

61

wo es immer wieder in die Weiten driftet der unendlichen Erhabenheit und Generosität, der Seinsglückseligkeit und Wachheit, Sinnkraft und Synthese.

3.2

Partiell ist bei Mir nichts zu haben. Meine Seinsdevise lautet: alles oder nichts im Bogen der allherrlichen Gelüste, die Ich feierlich und fertig, figalant und vielbesungen intus habe.

Nur zu gern verweile Ich bei dem Gedanken, dass sich schliesslich alles um Mich dreht, was *ist* und was den Sinnen leuchtet in der Strahlkraft, die ihm eigen. Bin Ich schon so weit gediehen, dass Mein Sein und Sinnen offen vor Mir liegt, kann Ich es ja ohne weiteres auch weitergeben. Mein Fundus stützt sich auf das unermessliche Gedankenheer, das Mich umflutet und Mir wohl will, in der Zuversichtlichtkeit von Meinem Mich-Erleben.

Verschwenderisch geh Ich nur mit den Keimen um, die Ich gekonnt und kühn um Mich verbreite. Alles weitere ist der Idee der glänzenden Ökonomie und Sparkraft unterworfen, mit der Ich seit Jahrtausenden erfolgreich operiere.

Mein Titanenwille zielt darauf, schon auf der einen Schulter Gigantismenn, Mutwilligkeiten und bedrohliche Manöver würdig und gelassen auszutragen. Um ein erkleckliches vermehrt sich das, sowie Ich auch die andere zuhilfe nehme. Das ergibt den wohlbedachten Weltenwandel ohne wanken und verblüfftsein ob der Strenge, die ihm eigen. Mein Soll erfüllt sich, wohlgenährt vom Haben, in unendlich tüchtiger Manier und lässt kein Jota aus in seinem Drange, nur das Allerbeste herzugeben.

Es fällt Mir niemals ein, die Liebe aufzukündigen, die Ich im Weltenall für Mein Geschaffenes voll Sorgfalt hege. Alles noch so sinuöse ist in Mir in seinem Dasein und Gesellentum aufs Herzlichste geborgen. Die Liebe macht es aus und wird in alle Ewigkeit den Lauf der Dinge mit Entzücken, Anmut und Gediegenheit verbrämen. Mach dich nicht los von Meiner Fülle des Verschenkens ungezählter Gaben der Gerechtigkeit am Sein und Leben. Selbst Meine Bürden sind der Würde angemessen, zu der Ich dich empor zu stilisieren trachte, bis du dich in Meinen wie in deinen Augen als Vollkommener erweisest. Das ist die Kunst zu sein und ewig, unerschütterlich und liebevoll in Gottes Gunst zu bleiben.

3.3

Willst du unendliches erfahren, vertraue dich dem Buch der Weisheit an, das sich in vielen Folianten auftürmt in den Geisteshöhn. Das mag dir wahrhaft hilfreich sein, wogegen *Ich* Mich ihrer niemals zu bedienen habe, weil Ich selbst der Born der Weisheit Bin in allen delikaten Rätselfragen.

Ich durchkämme Meine Welt nach unfruchtbaren Elementen, die sich, bei Licht besehn, als pure Last erweisen auf der Fahrt in eine Zukunft der Barmherzigkeit an allem, was da *ist,* und was sich in die Raumesweiten recken möchte. Mir obliegt es, alle Meine Seinsgefährten und -gefährte auf genauem Kurs zu halten dorthin wo die Geistesräume sich erheben und Mein Ich dem deinen Vorbild und Relieve, Paternoster und Prophet sein kann in allen Lebensdisziplinen.

Ich wäre nicht Mich selbst, wenn Ich Mich von der Szene distanzieren würde, die Ich mit inniger Sorgfalt und Entschiedenheit, unermüdlicher Geduld und Wachheit aufgebaut, inauguriert und bislang in florierendem Betrieb gehalten habe. Was sich nun ereignet, ist der

Nachklang dessen, was Ich angestossen und konstant veredelt habe. Das nützt dem guten Ruf, den Ich schon immer zu verteidigen bestrebt war seit Äonen. „Mir mangelt nichts", klingt es von Myriaden Fensternischen spielerisch herab und zeugt von Meiner Tüchtigkeit im selbstversorgenden Gebieten.

Will Ich, so müssen alsogleich die Fetzen fliegen und die Stürme aus der Enge ihrer Höhlen brausend auferstehn. Ich beneide niemand, der sich plötzlich ihrer Wucht und ihrem Tosen ausgesetzt und von ihnen drangsaliert sieht.

Grosse Augen wirst du ziehn, wenn es dich überkommt dein Ich nach der Verwandtschaft mit dem Meinen zu befragen. Da gibt es weder früher oder später, höher oder minder, alles ist wie glattgestrichen in der Einheit der sich wandelnden Figuren. Ich Bin du und du Bist Mich in desselben Seins Manier und Mustergültigkeit, Gewebe und Getriebe, ebenso wie in der Heiterkeit Elysiens in Meinem Sternenarsenal.

3.4

Hoffnung im Leid verehr` Ich dir geliebte Seele und erwecke dich zugleich zu dem, was Ich Mir Bin, und dem, was du dir Bist im reinen Sein der überirdischen Genossenschaften und beglückten Geistheroen.

Was *Ich* dir biete währt für Ewigkeiten; wessen du dir nun bewusst wirst, trägt in sich den Nimbus gottbegnadeter Allüren. Ich rate dir: steh auf, verlass dein Kummerbett und geh, wohin es immer dir gefällt, nach deinem Gusto und herzinnigen Begehren.

Mein Credo ist die Einsicht in die legendäre Unverletzlichkeit, Unsterblichkeit, Erhabenheit und Makellosigkeit der Menschenseele, der Ich seit Äonen innewohne im gottbegründeten Allraumen.

Willst du wissen, was dir frommt, so mache dich zum Zeugen reiner Frommheit in den turbulenten Erdentagen. Meine Kräfte sind bereit, jederzeit mit Vehemenz in dich zu stossen, wenn dir nur die Einsicht blüht, dass Ich noch hinter jeder Lebensgeste lauernd, dauernd steh. Das nährt dann das Vertrauen in die Wirklichkeit des Seins all-überall wo Leben sich verbreitet und bewundernswertes Wesensweben im Allhier.

Erheb in deiner windgeschützten Ermitage den Blick zu Meinem Sternenmeer und werde minikrim vor seiner Grösse, sowie grandios, indem du dein Gewissen ein-tauchst in den Abgrund seiner lichterlohen Fernen. Mehr kann Ich dir nicht wünschen, als die Fähigkeit dich im Unendlichen von Meiner Himmelsgrazie gelassen zu ergehn und dabei Mir und Meiner Zartheit gänzlich zu gehören. Wie kannst du da noch so entschieden an den Weltendingen hangen, wo dich Meiner Güte Seim umfängt und alle deine Lebensfähnlein auf Erfüllung stehn. Ich horte für dich Weisheit von der besten Qualität, die dich zur Wissenschaft vom Sein erzieht und dir das Sagenhafte, das Ich Bin und das du Bist, ans Herz legt in elysischer Begrifflichkeit und Himmelsharmonie, Hold-seligkeit und Heiterkeit in allen Seins beglückendem Agieren

3.5

Bin Ich dein Vater du Mein Kind, so fügt sich unser Ich zusammen zu einer überirdischen Synthese von namen-losem Wohllaut und nie endendem Behagen. Du Bist die Saite, Ich die Melodie die, auf ihr angesponnen, friede-voll den Raum durchzieht, um diesen tapfer und be-schwingt, beseligend und heiter zu beglücken.

Ich tendiere darauf neue Wege und Beziehungen zu finden, welche sich der Qualität des reinen Seins be-dienen, um noch bedeutendere und bewegendere Lebenswerke Zug um Zug hervorzubringen. Das ist Meine Pflicht und Andacht, Mein Besitztum und Mein Hirtenfeuer, die jeden, der in ihren Bann gerät, aufs Zärtlichste erwärmen und beseligen in kosmischem Genügen.

Ich wende Mich dir zu, indem Ich dich im Götteraug behalte und aus der Klarsicht Meiner Inspirationen deinen Auftrieb Fürstlichkeit und Fabelhaftigkeit verleihe.

In Meinem Hause sind es drei: zu prosperieren, zu florieren und den Weg der liebevollen Einheit mit Mir zu beschreiten. Gewährst du ihnen, was dir frommt, in der Erkenntnis Meiner Gottesgaben?

Ich schiebe Mich dazwischen, wenn es darum geht, eine neue Wahrheit vor dir aufzutischen, wahrlich unverkehrt. Die Bilanz daraus zu ziehn ist deine Sache und exakt danach zu handeln noch einmal. Es liegt Mir fern, nur was du wünschest, zu portieren. Ausserordentliches, penetrantes und erfinderisches muss es sein, das jedermann begeistert und ihm aufzeigt, wie verschwenderisch die Diener Gottes umzugehen wissen mit der Fülle ihrer Geistesgaben. Sie sind nicht allzu wählerisch und sind es doch, weil ihnen angeboren ist, in allem nur das Beste auszusuchen und dem Künftigen den Vortritt und die Fabelhaftigkeit der Sterne zu gewähren. So erscheint das ungetrübte Urbild wieder auf dem Plan, das du dir Bist und das Ich Bin in deinem gütestrahlenden Gewissen.

3.6
Ich habe einen Höllenhund gekannt, der warmes Wasser spie, weil er vergessen hatte Feuer nachzufüllen. So gelingen manche Dinge nicht den Toren, die sich von Kleinlichkeiten aus der Fassung bringen lassen.

Budda lächelte von weitem schon dem armen Schlucker seine Weisheit zu, der von weither gekommen war, um ihren Duft und ihre Zartheit zu vernehmen. Er zog sich scheele Blicke zu, weil er gerade die zuerst begrüsste, die seinen Rat am eh`sten nötig hatten. Seinen Brötchen trauert er nicht nach und liess gar etliche zu denen rollen, die ihrer wahrlich nicht bedurften.

Wenn es ums Spotten geht, Bin Ich Mir der Meister aller Spötter, Lächler und Verherrlicher der Schweigekunst geworden. Ich vermag wohl ab und zu ein Augenlid zu heben, doch sinkt es alsobald zur ewigen Ruhe nieder, weil es nichts bedeutendem den den Einlass zu gewähren hatte, vorzüglich in das Reich der Herzensmitte wie der Sittsamkeit an sich, dessen schöne Albernheit Ich ganz bewusst und innig pflege.

Wer gut ist rechnet schon zum vornherein damit, dass seine Güte arg missbraucht und übers Ohr gehauen wird. Gut ist sie trotzdem und vermag der Welt als Heilkraut, Friedensquell und graziöses Mustertier zu dienen.

Gehst du, deiner Sendung inne, durch die Welt, so kann sie dir niemals verloren gehn. Je mehr sie angegriffen wird, umso steiler geht ihr Pfad hinan, um einer Lebensart von Schönheit, Weitsicht und Natürlichkeit den Weg zu bahnen. Mit Hilfe Meiner Herzensschätze kann Ich jede Art von Schuld mit Nonchalance im Überfluss bezahlen. Hektisch geht es bei Mir niemals zu. Die Geschichte Meiner Seinsgelassenheit, Gutmütigkeit und Redlichkeit ist Legion und wird von Myriaden Augen staunend und entzückt, ehrfürchtig und bewundernd durchgelesen.

Wenn du hüstelst mag ein veritabler Husten kurz bevorstehn. Ist er jedoch ausgestanden, geht dein Wohlverstand wie eine Lämmerherde wieder wohlgemut umher, Gräslein zupfend, Wolle wirkend stillvergnügt dem Abendsonnenschein entgegen. Meine Ziele sind der Friedefertigkeit verschworen und Mein Anstand ist die Pracht des Sternenhorizonts im Ewig-Guten und Gelassenen.

3.7

Bewahrer Meiner selbst magst du Mich nennen und liegst dabei goldrichtig auf der Fährte des Begründers aller Völker von Venetien bis Istanbul, von Adelheid bis Israel.

Keiner lässt sich gern Bankrott erklären und jeder huldigt seinem Gott auf seine Weise, ohne viel nach dem Zusammenhang zu fragen. Ich aber komme, lichterfüllt, daher, und wende Mich in allem, was Ich Bin, Mir zu, in des reinen Seins Umfangen und Verlangen, Friedefertigkeit, Vortrefflichkeit und Harmonie mit allem, was da *ist*, ohne den geringsten Aufwall oder Gegensatz zu spüren.

Wirren beuge Ich durch liebevolle Glättung vor, Reminiszenzen lasse Ich auf nimmerwiedersehn wie fremde Vögel in die Universenweiten fahren. Das Tunichtgute hat bei Mir kein Brot und Rädelsführer purer Ängstlichkeit werden von Mir abserviert eh sie ihr finsteres Gehabe recht begonnen. Siehst du dich selber als im reinen Sein lokalisiert und allerbestens aufgehoben, blinkt dir der Sternkreis von der Ferne reine Faszination und Zuversicht, sein Credo und sein Daseinsglück entgegen. Du Bist in ihm, wie ausser ihm, das eine, unzertrennliche, sich selber profilierende Momentum der Allherrlichkeit, das sich in eigener Regie bewegt, befördert und erträgt in Universenweiten, die kein Ende vor sich sehn. Bewusst, unendlich heilvoll und erhaben Bin Ich Mir der Logos aller Weltsysteme, die da *sind*, gezählt vom untersten zum obersten, vom erhabensten zum minikrimsten, immerzu sich selbst bewundernd, fördernd und sich

liebevoll begleitend in den lichterstrahlenden Unendlichkeiten.

Ist Mir das Eine wohlbekannt, so schmiege Ich Mich
zugleich an das And`re an, um es mit Meiner Gegenwart
und Meiner Selbsterkenntnis aufs Herzinnigste und
Wunderbarste zu beglücken. Ich Bin und Bin in allem
Meiner eignen Gnade Wohlfahrt und Gerechtigkeit,
liebevolle Zartheit und bezaubernde Synthese.

3.8

Brauchst du Hilfe? Allen andern Referenzen ist die
Meine haushoch überlegen. Was *Ich* dir gewähre ist
schlichtweg für die Ewigkeit gewährt. Nicht länger sollst
du ohne jeglichen Erfolg im Trüben fischen müssen.
Mein Angesicht vermag noch jede Düsternis so wendig
aufzuhellen, dass dir das Leben wie verklärt entgegen-
strahlt mit allen seinen Wundern und Verheissungen,
Reputationen und still lächelnden Verschwiegenheiten.

Ich trete für dich ein, wo immer es sich schickt ein gutes
Wort oder eine Geste wahrer Freundschaft für dich
einzulegen. Mein Himmel ist unendlich gross und Mein
Gabentempel ist ins Unermessne angewachsen, dich mit
allem reichlich zu beschenken, wessen du bedarfst in
deinen Künsten, Unternehmungen und richtungweisenden Partien.

Längst hab Ich deine Nöte längelang den Meinen
zugefügt, um sie allesamt mit einer grandiosen Geste
wesenhafter Göttlichkeit hinwegzufegen. Das gibt ein
wunderbares Bild von Mir und Meiner Fähigkeit, den
Lebensdingen auf den Grund zu gehn und die Vielzahl
ihrer Übel mit den Wurzeln auszureissen.

Ich Bin Mir zu schön, um auch nur das Geringste zu
beweinen, das Ich ein für alle Mal weit hinter Mir

gelassen habe. Wie eh und je stürmt Meine Front mit Vehemenz voran, um neuer wunderbarer Weiten Willen, die es zu entdecken und erproben gilt im gottgesegneten Allraumen.

Gespinste lasse Ich mit einem kühnen Griff bachab zunichte fahren. Die Klarheit Meines Seinsgewissens überstrahlt den Lebenshorizont von Meinen fabelhaften Gütern, wie das Morgensonnenlicht den deinen, und wischt mit einem raschen Schwick noch jede Kümmernis hinweg, als wär sie nie gewesen. „Ich Bin dein und du Bist Mein", ist die Devise Meiner unsagbaren Freundlichkeit dem Weltbau gegenüber, dessen Wohl Mir immerzu zuvörderst am bewegten Vaterherzen liegt.

3.9

Ich vollführe, was Ich immer will, in Meinen Wundern und Verstiegenheiten, Musterungen und bewussten Majestätsbeleidigungen dessen, was du glaubst zu sein, in deiner klinisch reinen Quarantäne. Noch immer lasse Ich den Saft des Lebens aus dem vollen Fasse fliessen, das Ich Bin und das sich keiner Blösse schuldig macht und keiner Seinsblamage seit Äonen. Bist du wacker greif auch wacker zu, um deinen Ambitionen und Befindlichkeiten Geltung zu verschaffen über Generationen hin. „Was nicht ist, kann werden", hab Ich Meine Engel schon belehrt noch eh sie waren. Und gerade dir ins Freudenbuch hab Ich geschrieben: sei und singe deines Schöpfers Lob noch ohne im Geringsten in gezierte Hudelei, Hochmüdigkeit und Hoffart zu verfallen.

Ich gewähre Meine Dienste wem Ich will, jedoch vor allem jenen, die sie ständig und bewusst von Mir erfragen.
Willst du stapeln, staple erst einmal die Brötchen, die Ich dir bezaubernd frisch gebacken habe, damit der Vorrat

reicht auch über Ferientage hin. Mein Handel ist dem Wandel gleichzusetzen, mit welchen Ich seit eh und je die Weltenweiten überzieh, um ihnen Saft und Kraft, Begeisterung und Lebensliebe zu verleihen. Meine Stützen sind berühmte Phänomene der Beweglichkeit, die Ich im Nu dorthin versetze, wo sie die allerbesten Dienste leisten. In diesem Sinne sollst auch du Mir eine Stütze sein dort wo sie nötig ist in des Lebens Zirkus, Zorn und Zagen.

Maledettes lass Ich in den Hades fahren, wo es seinem Unheil sich entledigt und an seiner Stelle setz Ich rosenrote Blütenbäume ein, die Herz und Auge stillen und in stillendem Bedenken Wunder der Barmherzigkeit am Seelensein vollbringen.

Willst du rigoros sein riskiere lieber nicht zu viel, sondern halte dich an Meine Regel: Bin Ich schon das Reich der Mitte, will Ich es auch bleiben und Mich seiner Schönheit und Gediegenheit, Rechtschaffenheit und Liebenswürdigkeit aufs Innigste erfreuen.

3.10
Partei ergreife nur, wenn du ganz sicher bist, auf der rechten Seite zu agieren. Mit Akribie verfolge Ich dein Tun und leiste ganze Arbeit, wenn`s Mich juckt in allen Fingern, überragendes hervorzuzaubern.

Was sich bei Mir einstellt soll auch dir für immer zu gefallen sein in der Geisteswirtschaft, die Ich mit unendlichem Geschick durch dräuende Äonen führe. Angeknabbertem geb Ich sogleich den Laufpass, um zu verhindern, dass es weiter um sich greift mit seinem tückischen Kontaminieren.

Ich hisse da die Trikolore und dort den Union Jack, wo der Fortschritt wie die Fabelhaftigkeit gefeiert werden sollen, mit der die Völker einen Engpass oder eine veritable Krisensituation bewältigt haben. Mustergültiges Bin Ich gewohnt mit ganz besonderen Vergütungen und Tantiemen, Zuschüssen sowie Orden an den Rockaufschlägen zu belohnen.

Immer wieder muss Ich Meinen Mut bestaunen, wenn es darum geht, eine heikle Situation zielbewusst und souverän zu meistern, eh der Tag zur Neige und zur wohlverdienten Ruh gegangen. Meine Stärke ist es, auch fragiles so geduldig und geschickt heran zu ziehn, dass es schlussendlich seinssalut, respektgebietend und integer dasteht als ein Muster der Gottseligkeit und Heiterkeit im Grünen.

Kaum habe Ich begonnen, eine noch so krisenhafte Lebenssituation zu hinterfragen, steht die Lösung schon fix fertig vor Mir da, als wäre sie, wie das Kolumbusei, tatkräftig auf den Tisch geschlagen. Mir macht niemand etwas vor in Sachen Wendigkeit und Virulenz, Tapferkeit und Tugend, wenn Ich zu Taten schreite, die die gängigen Begriffe mehrfach übersteigen. Das ist dem Ruf zum Freisein von jedwelchen Ängsten zu verdanken, dem Ich stets gefolgt bin, wie das Wiesel seiner Futterspur. So Bin Ich an Mir selbst aufs Trefflichste gediehen und geniesse, was Ich Bin, in vollen, runden und gesunden Meisterzügen.

3.11

Worüber Ich erfreut Bin ist die seelenvolle Art und Weise, mit der du mit den Meinen umgehst in der Völker hehrer Pracht und Zahl. Du widmest dich den angeschlagnen Kreaturen und spendest ihnen Labsal, Lob und Anerkennung, deren sie in ihrem simplen Weltbegreifen noch so sehr bedürfen.

Ich trete als gewandter Herrscher auf den Plan, ebenso wie als der Allerbarmer, dem du deine Sorgen und

Befürchtungen, Wucherungen und Wahrhaftigkeiten ungeniert und zielvoll anvertrauen kannst in deinem merkantilen wie sensiblen Menschenwerden.

Zuvörderst du, dahinter Ich, ist die merkwürdig und entschieden von Mir ausgebrachte Seinsparole, die dir den Mut verleihen soll, die Lebensdinge anzupacken, dass die Fetzen fürbas fliegen. Du siehst dich wachsen mit den Riesenkräften, die *Ich* in dir entfesselt und auf alles losgelassen habe, was da *ist* und was der Modulation bedarf in seinem Starrsinn und egoischen Behagen. Ich breche in dir auf, was immer sich als eingekapselt, unzugänglich, selbstgefällig, monstruös und mickerig erwiesen hat in deinen Applikationen. Auf Mein Wort sollst du der Sittsamkeit ein Kränzchen winden und der Einsicht frönen, dass noch jeder andere, wie du, vom selben Lebenssinn und Sakrament durchpulst ist als von Mir gegeben und zur Seligkeit geführt.

Du kommst und scheinst recht balde wieder zu vergehn, derweil du Bist, weil Ich in dir das Leben und das ewige Entzücken an Mir selber Bin, dem du verfallen bist, wie eh und je in deinen rosenroten Wundern.

Du bist und bleibst Geschöpf und Bist zugleich der Träger und Verwirklicher von Meinen alldurchflutenden Ideen, die so grandios sind, dass du sie noch kaum begriffen, geschweige denn ergriffen hast in deinen plumpen Inszenierungen von eignen seinsskurrilen Gnaden.

Erlebe, dass du Bist und sei damit saniert für die Unendlichkeiten, die Ich dir liebevoll und zärtlich, voll Vertrauen und Gewissheit offenhalte.

3.12

Quellfrisch und perlend sind die Wässerchen, die Ich von Meinem Hochgebirg herab in deine früchtevollen Täler leite. Was dir immer von Mir zukommt ist ein einzigartiges Gemisch von Wohlgefühl, Erhabenheit, Gesundheit und Begeisterung am Sein und Leben. Deiner Artigkeit ist es anheimgegeben zu ernten, was Ich vor dir ausgesät, sowie, um deinen Scheunen zuzuführen, was Ich freilich und gedeihlich für dich wachsen liess.

Bin Ich für dich der Geist der guten Gaben, so sollst du es für die Geschöpfe deiner Umwelt ebenso beharrlich und entschieden sein, damit ihr Wesen explizit an deinem aufblüht und gedeiht.

Ich habe dich in diese deine Welt hineingestossen, damit dein Schicksal sich an ihr vollende und dein Renommee vor Meinen Augen sich wohl sehen lassen darf für Ewigkeiten.

Meiner Ideologie gemäss vollzieht sich alles, was da *ist*, in wunderbar geordneten und sanft gestrichnen Rhythmen dort, wo die Gemüter innig auf Mich hören und Meinen weisen Räten Folge leisten in der wohlbedachten und beseelten Tat. Das ist dann der Anfang der Allmenschlichkeit, die Ich seit eh und je in allem Ernste propagiere. Auch dir und deinem Hofstaat sind die Schlüsselchen zu Meinen königlichen Gärten in die Hand gegeben, damit du dich an ihrem Wohlgeruch und ihrer Köstlichkeit erlaben kannst in vollen, runden Zügen.

Bereite dir ein Fest aus der holdseligen Genügsamkeit am Sein und Leben, die Ich dir in aller Form und Fabelhaftigkeit, Gottseligkeit und Innigkeit empfehle. Auf diese Art und Weise schreitest du konstant und siegessicher in Mein Reich der Unverbrüchlichkeit hinein, das Ich für jedermann, der will, aufs Allerbeste unterhalte im gottbehüteten Arkadien. So dränge dich voll Eifer deinem Erbe und Verdienst aus Meiner Hand entgegen und erfülle dich mit ihm in der Gediegenheit und Wohlbekömmlichkeit, Auserlesenheit und Wohlgeformtheit des unendlichen Dich-mit-dem-Wesen-Meiner-Göttlichkeit-Begaben.

3.13

Den Bedingungen des Seins gemäss versuche, dich von der Wirklichkeit der Geisteswelten, die Mein Ein und Alles sind, zu überzeugen. Ich reize, regle, werfe auf und lasse niederfallen, wie und wo es immer Mir beliebt. Mein Sein ist Elementenkraft und Kuriosität, Bindung, Lösung und geschliffene Begrifflichkeit in einem. Da gibt es nichts zu werten oder blosszustellen, auszuhebeln und zu kujonieren. Alles an Mir ist unverbrüchliche Gelassenheit und Übersicht, Erfahrung von der Art wie Götter sie zu pflegen wissen.

Ich meine nicht, derweil Ich weiss wie sich die Lebensdinge arrangieren und vom einen Punkt zum anderen aufs Intensivste aufeinander eingeschworen sind. Das zeitigt wahren, wachen Fortschritt auf der Ebene des Menschen- wie des Götterseins von auserlesner Qualität und Plausibilität, Völkersinn und Menschlichkeit, bewusst und heiter auf der Zielgeraden.

Meine Werte sind die mustergültigen Verdienste von Heroen und schon Meine zierlichsten Versuche lassen sich wie Donnerrollen und verheerende Gewitter an im irdischen Bereich, in welchen du noch vollends, fiebrig, fantasierend und im Geistessinn versagend, eingebunden bist.

Was dir recht und billig ist, ist vor Meinem Kennerblick noch lange kein Genügen. Was immer du zu können scheinst, läuft in ein irres Durcheinander, dem nur Meine

Sinnkraft und Mein überragendes Genie beizukommen fähig ist. Selbst im kunterbuntesten Getriebe macht Mir niemand etwas vor, weil Ich die Übersicht vom überirdischen Betrachten her behalte und den Lebensdrang verwalte, dem alles innewohnt, was Ich schon seit Äonen gültig aufs Tapet gebracht.

Kannst du singen, singe nach wie vor Mein Lob, ob du nun krisensicher dastehst oder ob dir alle Felle wegzudriften scheinen. Was Ich immer intus habe, habe Ich im Griff der göttlichen Behutsamkeit und Balance, der Veredelung im Göttersinn, wie der entsprechenden Beglückung, die vom ein Ende Meines Seiens bis zum andern reicht in fabelhafter Klarsicht wie in ewig etablierten, gottbegnadeten und heiteren Manierlichkeiten.

3.14

Wenngleich es scheint, dass Ich mit dir und deinem Lebensstil nur noch am Rand behaftet und verbunden wäre, laufen alle Fäden deines Menschenseins exakt und explizit bei Mir zusammen, der Ich dich Bin in allen ausgeklügelten und bestens austarierten Seinsbezügen. Hast du das zutiefst begriffen, darfst du auch in aller Form und Feinheit dein Bewusstsein in die Sternenwelt verlegen, deren Schöpfer und Schraffierer, Moderator und Magnat Ich Bin in supervisionären Zügen.

Das Hehre ist zugleich das Heilige, das an Mir haftet unlösbar und lichterloh. Was Ich Mir Bin will sich mit Vehemenz, Gutmütigkeit, Bewusstheit und Entsagen wie ein goldnes Fliessen über dein Empfinden legen, um es zur absoluten Freude zu bewegen.

Was immer Ich aufs Wohlgelungenste, Natürlichste und Feierlichste Bin, erhält Succurs durch das, was Ich im weiteren zu sein und sagen wünsche. Mich zu entfalten ist Mein prächtigstes Idol, und Meinen Herrensitz bis ins

Unendliche zu weiten Mein untrüglichstes, gottseligstes Gehabe.

Woran du dich gewöhnen sollst ist, dass Ich Mich beständig und in allem Ernst in deine Angelegenheiten mische, die die Meinen sind, um ihres Wohlgeratens Willen, das Mir eine Bürde ebenso wie eine Würde ist im Andersartigen.

Derweil dir öfters ist, als ob du träumtest, Bin Ich ständig wach wie eine neu erwachte Fontanelle, wie der azurblaue, lichtdurchschossne Sonnentag. In Mir kannst du dich rasch und sicher um Potenzen in das wahre Sein erheben, das du Bist und das Ich seit Äonen immer war. Ungezählt sind Meine Tage und zahllos werden auch die deinen sein, sowie du in der Generation von Meinem Schliff und Stil gebührend aufgestiegen bist als Mein Gesegneter unendlichen Bewährens. Deine Züge *sind* und werden sichtbar als die Meinen in elysischen Gefilden, die Ich dir in kurzem voll Begeisterung und Gottesminne offenbare.

3.15

Die Rotonde deines Herzens ist rundum mit Sicht auf Mich und Meine zarte Offenheit begabt, mit der Ich Meine Pappenheimer zu Mir dirigiere. Dem einen ist das noch zu wenig, dem andern viel zu viel, weil sie geblendet sind vom Licht der Wahrheit die Ich ihrem Sein voll Kraft und Liebenswürdigkeit verstrahle.

Mein Muntersein in allen Regionen des bewussten Handelns an Mir selbst ist Legion und kann von niemand ausgehebelt oder abgepfiffen werden. Jede Meiner Gesten trägt den Nimbus an sich unwiderruflich, kämpferisch, kapriziös und tugendhaft zu sein in ihrem Sich-an-eine-Menschenwelt-Vergluten.

Was Ich dir Bin bedeutet für Mich viel und für dich alles in der Unbedingtheit die Ich dir und deinem Sein damit gewähre. Meine viel gewandte Absicht ist es, dich vom niederen Gewurstel himmelhoch in Meine klare Diktion und Dauerhaftigkeit, Lebenstüchtigkeit und Grazie des Siebensterns emporzuführen. Das nimmt dann die bewussten Formen an, die Ich um deiner Wohlfahrt Willen ständig rings um dich herum kreiere. Sie betten dich in eine Atmosphäre steter Sieggewissheit und Erhabenheit in Meiner götterlichten Seinsdomäne.

Was du dabei tun kannst ist, den Inbegriff der Wahrheit und Gerechtigkeit an deinem Sein bewusst zu pflegen und allüberall aufs Intensivste zu verbreiten, wo du immer ruderst und am Werk bist atemlos.

Deine Pflichten sind ein integrierend Teil von Meinen in der langgedehnten Seinsgeschichte die Mir eigen. Gefahren sind Mir nicht bekannt und sollen auch dein Herzblut nicht zum Aufruhr und zur Revolution bewegen. Mein Bewusstsein der Allherrlichkeit und Liebenswürdigkeit Elysiens ist so weit gediehen, dass Ich immer in ihm Meine absolute Ruhe und Mein Sinngedicht, Mein Seinsbrevier und Meine unverbrüchliche Begnadung finde. Sein ist Sein und kann sich weder von Mir noch von deinem Wesen lösen. Es *ist* und trägt dir alle Seligkeit und Heiterkeit der Universenwelten frohgemut voran.

3.16

Alles, was du logisch findest, kommt von Mir, dem Logos deiner Lebenstaten. Ich erfülle, was du Bist, mit Licht und Kraft und lasse keines Meiner Kinder in das Unheil fahren. Derweil du schläfst, Bin Ich der Wächter über deinen Toren und verhalte Mich wie einer der da weiss, was für unermessne Schätze vor ihm liegen.

Ich kontrolliere Weg und Steg und Fortschritt Meiner Ahnen und Bin das Resultat von allem, was Ich Mir eingebrockt und bis ins Detail eingerichtet habe.

Bist du konzentriert so erhelle Ich dein Seelensein mit soviel weisem, wohlbedachten Strahlen, dass es mählich wieder Boden fasst und Seinsvertrauen für den Gang in Meine märchenhaften Tiefen.

Das Unfehlbare, das Ich Bin, wirkt überall im kosmischen Vertiefen Meiner Gegenwart und bewirkt den Aufbau dessen, was Ich Mir mit unerhörter Geisteskraft, Verwegenheit und Selbstbewusstheit vorgenommen habe. Ich hadre nicht inmitten Meiner Güter, denn sie sind allesamt ein Zeichen Meiner Stärke, Virulenz und Götterfantasie.

Du sollst nur staunen über das, was Ich mit krisensicherer Behutsamkeit vor dich gelegt und mit Schönheit, klingender Wahrhaftigkeit und allerfüllender Bewusstheit ausgestattet habe. In Mir ist alle Wissenschaft der Welt und alle Tugend, Jugend und Vergangenheit vereint, um Mich wohlbewaffnet und bewahrt in eine Zukunft des Erfolgs und der Gerechtigkeit am Sein zu führen.

Mein Ruf hallt über Kosmenweiten hin und kann von denen, die da wach und findig sind, aufs Trefflichste vernommen werden. „Nicht ohne Mich", heisst die beschauliche und siegessichere Parole, die Ich allüberall verbreite, wo offne Ohren, Münder, Herzen und Verständnisse vorhanden sind in menschlichen wie göttlichen Bereichen. Ich pflanze Frieden in die Herzen derer, die da ihrem Sein die Friedefertigkeit verschrieben haben und ruhe nicht, bis sie in Meinen hochsensiblen, sinn- und seinerfüllten lieblichen Gefilden ihre Wohnstatt wie ihr seelenvolles Heil gefunden haben.

3.17

Allem überlegen Bin Ich in der Urform Meiner Geistes-
züge, die von Sein zu Sein, von wissender Bedeutsamkeit
zu gütestrahlendem Vollenden reichen. Gekonnt und vif
besteht Mein Metier darin, das Unerhörte, nie Gekannte,
Faszinierende und Formvollendete vor aller Welt zu
offenbaren.

Noch nie ist es so weit gekommen, dass Ich Mich um
einer kreativen Geste willen vor dem Pulk der Neider und
gewissenlosen Zauderer genieren musste. Allem, was Ich
schuf, wohnt der Zauber des genuinen Einfalls und der
Unerklärlichkeit, der Herzensgüte wie des seelenvollen
Handelns inne. Alles Mögliche hab Ich in allem Ernst
erwogen, eh Ich zu den Taten schritt, die nun vor aller
Augen, Begeisterung erweckend, liegen.

Mir ist gegeben für geraume Zeiten reglos zu verharren,
um dann wieder in zermürbende Geschäftigkeit und
Keimkraft auszubrechen für Äonenzeiten. Meine Art zu
sein ist unberechenbar, bald leise sprudelnd, bald in
mächtige Wogen Mich ergiessend in ein Meer der
Hoffnung, dass sie Früchte zeitigen von unerhörter
Strahlkraft und Phobie.

In keiner Weise habe Ich Mich je beengen lassen,
verängstigen oder gar vertreiben, wenn es darum ging, als
Erstgenannter und Bekannter, Kühnster sowie Kapital-
ster aufzutreten. Mein Goldschatz an Vermögen hat noch
immer allen am verlässlichsten ins Aug gestochen, dass
sie Beifall klatschten und in Jubelschreie sich verstiegen.

Nun merke dir: was Ich hier als gekonnt und clever
präsentiere, kannst auch du, sowie es dir zutiefst gefällt
und einfällt, Mich zum Paternoster und Brevierbuch
deiner Wünsche zu erwählen. Du erwählst damit dein Ein
und Alles in der Welt der Gläubiger und Gaukler, der

Rassisten und Vertriebenen, wie auch der Stehauf-
männer, denen man von weitem ansieht, dass sie Mich
als immerwährenden Gefährten und gottseligmachenden
Geliebten intus haben. Das kann und soll dein Schicksal
sein, dass du *Mich* in dir erkennst und damit aller
Lebensrätsel Lösung findest Schlag auf Schlag und
schlichtweg in der Klarheit, Präzision und Mustergültigkeit, die man von einem Gott erwartet im Vertrauen auf
sein Wortspiel und Sein Walten in der lichterfüllten
Seelenruh.

3.18

So richtig spannend wird das Leben erst jener Stelle, wo
es sich behutsam und gekonnt, krisensicher und erhaben
im Unendlichen verliert. Dort findet sich der Wächter
über das Lebendige und Tote. Keinen lässt er je
passieren, dem nicht der Sinn für alles Seien aus den
Augen blitzt und der sich wohlfühlt in des Geistseins
wunderbar geschniegelten Etagen.

Geschniegelt bin ich schon, mag mancher Pilger denken,
doch „genügt mir das", ist seine bange Frage. Nein, sage
Ich. Du musst den Geisteshimmel offen vor dir sehn mit
den Myriaden Wesen, die aus Kraft und Klugheit, Mut
und munterer Lebendigkeit bestehn. Das ist das Milieu
der schöpferischen Qualitäten, denen Ich bevorsteh und
die in Meinem benedeiten Namen überall im kosmischen
Allhier am Werke sind, um Mein Ideengut und Seins-
gepränge, richtungweisendes Geflüster und Getuschel
hoffend zu verbreiten.

Meine Gegenwart ist nur von denen einzusehn, die sich
das Unsichtbare vorgeknöpft und zum köstlichen Idol
erhoben haben. Ihnen klingt die Weisheit göttlicher
Gedankenheere wie Musik in beide Ohren und sie dürfen
sich galant und geistreich, liebevoll und zärtlich an Mein
götterlichtes Wesen schmiegen. In diesem Sinne werden

die Gewieften immer noch gewiefter werden und die Traulichen der Gottesqualitäten werden ihnen folgen durch Äonenzeiten, Tag für Tag und Jahr für Jahr im Rhythmus neugeborener Lebendigkeit die ihnen freude-strahlend eigen.

So kommt Mein Reich beständig und geziemend, überraschend und gezielt voran in Sachen überragender Geschäftigkeit wie eminent betonter, sagenhafter Ruh. Meine Stille präsentiert sich wie der Zauber leergefegter Seiten in Gazetten, die sonst von der Schwärze schwarz gewordener Gedanken triefen. Meine Inbrunst gilt der Helle, die sich über Berg und Tal ergiesst, und die vom Sonnenäther niederfliesst den Ich mit aller Sorgfalt und Bedächtigkeit, Verbindlichkeit, Gottseligkeit und wohl-bedachter Herzlichkeit im All der Dinge und Mysterien voll Verve verbreite.

3.19

Ein frommes Sinngebet genügte vollauf, um dich von dem Erdverhaftetsein zu retten, liebenswerter Kamerad. Du brauchst wohl auf dein Herz zu achten, wenn die Zeit gekommen ist des Abschieds von all dem, was dich so sehr beschäftigte und wie mit einem Bann belegte, der dich von Mir fernhielt in den besten Lebensjahren.

Bist du von dem erschüttert, was Ich dir tagein, tagaus zu bieten habe, wachsen deine Sinne ins Unendliche hinein und lassen dich damit an Meiner Ehre und Gediegenheit, Holdseligkeit und Geisterfülltheit teilhaft werden.

Was *Ich* koste, darfst auch du in Fülle und Gelassenheit geniessen. Wovon Ich träume, träumst du ebenso im All der Redlichkeit der Sterne wie im Umbruch des Gewissens, der mit dir geschah. Verreisest du, ist es zum vornherein gesagt, dass Ich geflissentlich mit dir die Pilgerschaft beschreite und bestreite bis zum langersehnten Weltenziel. Nun denn, erachte dich als fähig, würdig und gewappnet, um die grandiose Reise anzutreten in Allweiten der Gelassenheit am Sein und Sinnen, des Frohmuts an der Zeiten Lauf, sowie der Unabhängigkeit von allem Krimskrams, der sich lieblos und verlockend um dich breitet.

Für was immer du dich hältst, Ich habe es vorausgeahnt und dir in reichem Masse zugemessen. Siehst du das ein, so müssen dir die Tränen der Ergebenheit die Wangen überkollern, denn alles, was Ich Bin und biete ist so unwahrscheinlich wunderbar.

In Meinem Seinsbefund darfst auch du dich als gewiss und sicher aufgeführt, markiert und seinsberechtigt halten. Ich habe nie zuviel versprochen, wenn es darum ging Lebendigkeiten, Seinsgewinne und Begünstigungen zu verteilen. Meine Bürgen sind es schon von alters her gewohnt, von Mir verwöhnt und an der langen Leine durch das All der Weltenweiten zu spazieren. Vielen Lobgesängen lauscht dein Ohr, derweil die Meinen dich im Himmelslicht gerechterweis und Weise, liebevoll und herzensgut umfluten.

3.20

Die Prominenz in Meinen Ländereien ist bezaubernd anzusehn, in deinen jedoch sitzt zuoberst an den Tischen, wo gefestet und gebechert wird, das Böse in Persona, burschikos und hässlich anzusehn. Es mästet sich an den Gedanken der durchtriebnen Gäste, denen alles recht ist was Gewinn bringt und Profit im Soll und Haben.
Leutselige sind zu erbarmen, denn sie fallen ständig auf die Tricks herein, mit denen die gerissnen Händler sie zu fangen wissen. Doch gerade ihnen pflege Ich zu helfen in der Not auf Meine Art der endlichen Befreiung von den Übeltätern.

Gang und gäbe ist es bei Mir Weitsicht und Gelassenheit zu üben. Meine Verse sind dem Fortschritt wie der Nüchternheit geweiht, mit denen Ich den Lebensdingen gegenübertrete. Meine Kräfte sind so biegsam, schmiegsam und beharrlich wie noch nie, seitdem Ich Mir des Ziels bewusst Bin, das Ich zu erreichen habe.

Meine Gänge sind die Gänge des Propheten, der Gedankenwürfe in die Weiten schickt, um sie dann voll Elan und Pflichtbewusstheit, Tapferkeit und Klugheit wieder einzuholen. Keine Banden sind imstande Mich im Schach zu halten, denn Ich erschaffe Mir die Ungebundenheit von einer Episode zu der anderen, die Ich mit Anmut durchzustehen habe. So werde Ich durch die Ereignisse des Lebens stark und süss, clever und beständig und lasse Mich von nichts und niemand mehr ins Boxhorn jagen. Meine Felle sind in's Trockene gezogen und Mein Anlauf zeitigt Sprünge von bewundernswerter Folgerichtigkeit und unvergesslich aufgehäuften Resultaten.

Hast du je ein solches Muster an Bewusstheit, Genialität, Temperament und Einzigartigkeit gesehn? Ich Bin schon immer so gewesen, wie du einstens sein wirst im Geschehnis deiner wie auch Meiner Welt im Unerhörten. Fabelhaftes sickert durch von allen Seiten in das Reich der Mitte, dem Ich voll Eifer Meine Träume und Mein Hochgebet gewidmet habe. Das alles bringt, was Ich so sehr ersehne und befördert Mich zu dem, was Ich schon Bin, in überragend potenzierter, partnerschaftlicher und wesenhaft beglückender und heiterer Manier.

4

Rücksicht und Manierlichkeit

4.1

Bist du von Sinnen so Bin Ich`s noch viel mehr, wenn es darum geht altgewordenes hinauszuwerfen, um Raum für neu-erdachtes und -erstandenes zu schaffen, ohne jegliches Bedauern an Verlusten und Verschacherungen, die mit dieser Tunlichkeit verbunden sind.

Ich trete auf wie einer dem die Weisheit und Erfahrenheit, Rücksicht und Manierlichkeit gehört, die eines Gottes würdig sind in seinem wirkungsvollen Weltgebaren. Da kann es nichts zu widerreden geben, weil Mein Anstand grenzenlos und Meine Wissenschaft vom Sein und Leben über jeden Zweifel hoch erhaben sind.

Ich biete dauernd Kurse an in Sachen Wohlverstand und Herzensgüte, Plausibilität und überragendem Geschick im Pläneschmieden. Das zeitigt weltenbrüderliches und enorm befördertes Verbreiten Meiner Seinsideen, die von Weitsicht und Gerissenheit, Simplizität und Sinnkraft was erbauliches und hübsches zu erzählen haben.

Meine Gänge sind dem einen grandiosen Gang der Evolutionen angegliedert, die sich seit Urzeiten als das Nonplusultra aller Tüchtigkeit und Auserlesenheit erwiesen haben. Meine Gattung ist die Gilde der Propheten, die den Gang der Dinge weit voraus geahnt und sich entsprechend eingerichtet haben. Sinn für solches kann nur der entfalten, der sich Meiner Art zu überlegen anschliesst und daraus den allergrössten Nutzen zieht.

Nun bist du an der Reihe auszusprechen, was dir fromm und nützlich scheint im Leben. Ich Bin befugt dir alles was du willst in vollem Umfang zu vergeben und dich aufzumuntern vielem anzuhangen, was dein Sein befruchtet und aufs Zierlichste belebt. Wisse dabei, dass noch jeder deiner Schritte einer von den Meinen ist im

Gang der Weltgeschichte, die Ich in der Farbigkeit und Fabelhaftigkeit der Gottbewussten satt und wesenhaft bestreite. Grandios sind Meine Höhenzüge wie die Wege, die darüber führen, und gesegnet bist du, wenn du ihnen folgst und ihren wunderbaren Sinn erfährst in Meinem benedeiten Gottesnamen.

4.2

Gerade was erlaubt ist, kann dich hinters Licht und hinter deine Pläne dirigieren. Du glaubst den Weg der Freiheit zu beschreiten und schlitterst in perfide Bindungen hinein, die dich am Ende hörig und rebellisch, unvernünftig und bedauerlich erscheinen lassen.

Wind und weh kann es dir werden, wenn du bedenkst wie viel vor deinen satten Augen auf dem Spiele stand und was du alles unter ihrem bangen Blick verloren.

Anspruchsvoll ist was Ich durch dein Schicksals Lauf und List, Überborden und Beschneiden Tag für Tag von dir verlange. Es ist genau das, was dich stählt, wenn du es meisterst und in seinem Resümee den Fortschritt registrierst, den es dir jedenfalls beschieden.

Ich komme, wenn du gehst und unterstütze dich in allen deinen Regungen und Machenschaften, so dass es dir gelingen muss auf Meiner grünen Seite zu agieren und schlussends dich selber, inklusive deine Neigungen, aufs Wunderbarste zu besiegen.

Erkennst du dich in Mir, so ist dir wesentlich geholfen auf der Lebensfahrt in Meine Gründe und Begründungen, die dir alles Glück der Welt, wie auch der himmlischen Gerechtigkeit verleihen. Du verwandelst dich in immer neu empfundene Gestalten und Gestaltungen in deiner Seele Labyrinth und richtungweisendem Entscheiden. Recht viel geschieht auf diese Weise von dem

Gotteswerk, das Ich an dir vollbringe, indem du es voranbringst in den Phasen deiner schöpfungsfreudigen Bravour. Du meisterst, was Ich dir zu meistern vor die eiligen Füsschen lege und verwandelst dich in ein gereinigtes, geheiligtes, und wohlbestandnes Wesen des Gerechtseins an der Welt, die Ich dir zur Bewältigung und Anerkennung überwiesen.

Im tiefsten Grunde ist dein Sein die Offenbarung Meiner Liebestaten. Es ist vom Hauche der Gottseligkeit und Einigkeit mit allem überweht, den Ich in aller Welten Sinngehalt verströme. Du Bist in Mir und Ich in dir verankert und verbrieft zu unermesslich göttlichem Gedeihen.

4.3

Wofür willst du dich denn bewahren, wenn doch Ich schon immer deines Seins Erhalter und Beförderer, Universalgelehrter und Geschichtenschreiber war. Untrüglich ist Mein Sinnen beim Erspüren neuer Möglichkeiten, dich an Mich zu ziehn und dir Meines Seins Bewusstheit und Erhabenheit, Genialität und Wohlgefühl zu offenbaren. Es kommt. wie's kommen muss, das heisst: die Menschen allesamt beginnen sich als Träger Meines Seinsgewissens zu erkennen und sich entsprechend aufzuführen. Das vermehrt natürlich ganz entschieden die Freundlichkeit und Minne, die da herrscht in Einzelnen sowie in ganzen Völkerschaften, die mit dem Wohllaut ihrer gegenseitigen Verbundenheit den Erdball zieren. Es geht nicht anders als dass allgemein wird, was für den Moment noch als die Einsicht weniger kursiert. Mein Leben lebt sich ein allüberall als das, was *ist*, und was nicht anders sein kann in den Geisteshöhn wie in den Erdentiefen.

Was *ist* muss nicht erst schlüssig und galant bewiesen werden. Mein Sein ist die Erfüllung eines in sich selber schlüssigen Prinzips des seinsgerechten sich Entfaltens Meiner Ideale und Vollkommenheiten, Glaubwürdigkeiten und geschwisterlichen Aktionen.

Es steht geschrieben, dass Ich komme, ohne das Portal geöffnet und berührt zu haben. Das ist, weil Meine Seinspräsenz im Geistigen sich abspielt und vollzieht und dennoch wird und waltet ohne jeden Abstrich als der Hintergrund der offenbaren Lebenssituationen.

Ohne Meinen Grundgehalt kann nichts und niemand existieren und ohne Meines Seinsgewissens Qualität kann sich nichts neues und bewundernswertes mehr entfalten.

Was dich selbst betrifft, bist du von Meiner Warte aus gesehn dieselbe partnerschaftliche Substanz, die sich durch die Weltenweiten zieht und aller Dinge Anfang, Omega, Allherrlichkeit und Liebenswürdigkeit bedeutet die du dir denken kannst in deinem Dich-Verwundern.

Es gibt die Welt der geisteswissenschaftlichen Geschehnisse und Attitüden, die sich als wahre und beständige, ereignisvolle und beglückende erweist in vollen runden Zügen. Verströme dich darein, geliebte Seele und erreiche was du Bist in deiner Eigenart und Seelenstärke, deinen wonnevollen Seinsgelüsten wie in deiner sinngeladenen, vollgültigen, glückseligen und sagenhaften Seinsnatur.

4.4

Was erweist sich in der Tat als ewig haltbar, virulent, bezaubernd und immens erhaben? Meine Situation im weitgedehten All, wo die Sterne ihrer glühenden Verehrung allen Seins beredten Ausdruck und bezauberndes Relieve verleihen. Mein Wind ist jede elegante Wendung, die Ich tagelang am veilchenblauen Horizont vollführe, Meine Weisheit der Verfall an sich, um für neues, fabelhaftes und gewaltig aufgemachtes Raum zu generieren. Bin Ich so, so sollst du es, mit Mir vereint, noch viel, viel weiter treiben. Die Ehre und die Seinsbewusstheit führen dich an ihrem Gängelband zu grandiosen Sichtungen auf was du Bist und was dein Ein und Alles ist im Bunde mit den seinsbeseelten Sternen.

Was in Mir vorgeht muss auch dich in Innersten berühren, weil Empfindung an Empfindung stösst im Unsichtbaren. Ich teile aus, derweil du ernten kannst so viel es dir behagt in deinem Drange Welten zu erkunden und an unerhörten Neuerungen teilzuhaben im Humanen. Diese sinngeladene Terrasse der Begünstigungen und Verdienste gibt es aber nur bei Mir und Meiner Allgenossenschaft im Blauen. Scheint etwas nicht von hier, so ist es umso inniger mit dem verbunden, was du wahrhaft Bist und was sich in dir steigert Jahr um Jahr zu einem Fest von fürstlichen Erkenntnissen und fabelhaften Infiltrationen. Du wendest dich mit jeder Wendung weiter, wirklicher und wesenhafter Meinem Dasein zu und beginnst, dich vollends mit Mir eins zu fühlen. Das ist dann der Zenit von dem, was du dir niemals hättest träumen lassen können.

Meine Gabe ist die Güte an sich, die von Meinem Wesen in die Weiten driftet ohne je ein Ende abzusehn. So bist auch dazu berufen an allem, was Ich Bin, gebührend teilzuhaben und das Glück des Daseins zu geniessen in elysisch prächtiger Manier. Meine Wirkkraft kräftigt alle Welten, die sich je aus Mir und Meinem Sein erhoben haben, und Meine Diktion entspringt dem laufenden Verfassen Meiner Sinngegebenheiten in den himmlischen wie irdischen Gefilden, denen Meine Wachsamkeit und Liebenswürdigkeit gehört in freudestrahlenden Unendlichkeiten.

4.5

Ich Bin und Bin der grosse Friede im Allhier des Seins, unendlich weit dahingeflossen. Von Majestät und Minnesang an Meine Eigenheit ist hier die Rede, von Glückseligkeit, Bewusstheit und Genie. Beständig Bin Ich auf dem Weg Mich zu vergüten, um dem Geheimnis Meiner selbst behutsam auf die Spur zu kommen. Ich trage Meine eigene Identität bewusst und sieghaft, mustergültig und gekonnt voran, um ihr im Langlauf der Äonen huldvoll und geduldig, beifällig und besonnen den ultimativen Schliff und Schlussstrich zu verleihen.

Ich wende Mich Mir zu in ungezählten Dialogen, die Ich durch Mein Volkstum mit Mir selbst in Grazie und Eintracht liebevoll vollführe.

Ist es nun so weit gekommen, kommt es immer weiter noch im seinssubtilen Rühren und Berühren, Delegieren und Regieren, ohne dass Ich Meines Seins und Seligseins im Mindesten entbehre. Meine Dinge sind seit Urzeit in Mir selbst beschlossen und Mein Resümee ist allem, die da *sind*, aufs Freundlichste und Innigste, Liebevollste und Genehmste mitgeteilt von Gottes immanenten Gnaden.

Merkwürdig merkantil mag Ich wohl sein, doch Bin Ich Mir im tiefsten Grunde absolutes Selbstgenügen und bedeutungsvolle Harmonie im All der Einzelungen wie in dem des aberwerten Sternenkreisens. Was Ich Mir Bin ist seit Äonen in Mich selbst geschrieben und vollzieht sich in vollendeter Behutsamkeit und Heiterkeit, Natürlichkeit und meisterhafter Unbesorgtheit an den Folgen Meiner ungezählten Siegestaten. Mein ist die Minne an den Geistern Gottes, die Mich mild und wild umfluten und denen Ich das Ein und Alles Bin Meiner Nonchalance und Güte, Seinswahrhaftigkeit und Friedefertigkeit im Allgemeinen wie im ganz Besonderen, das

Mir auch ganz besonders und bewusst in lächelnder Holdseligkeit am Herzen liegt.

4.6

Recht eigentlich empfehl Ich dir zu schweigen vor dem weltbewegenden Vorübergang von Meinem Seinsgeflüster und bewundernswerten Weltgebaren. Bist du auf das, was Ich Mir Bin, so richtig eingeschworen, kann dir nichts ungehöriges sowie bedauerliches mehr geschehn. Ich behüte jeden deiner Schritte, sei er noch so wagemutig und banal und trage mit den Meinen dazu bei, dass du auf jeden Fall dem Lichte der Verklärung zugehst, das Ich jederzeit und überallhin feierlich verstrahle.

Ich kenne dich bis zu der letzten Faser deines Seins in Meinen Gründen und anerkenne, was du Bist aus dem geworden was Ich dir einstens voll Vertrauen und Gewissenhaftigkeit vergab. Mein Soll ist jedoch immer noch und jederzeit dem deinen haushoch überlegen, trägt es doch den Namen des allmächtigen und wissenden Creators aller relevanten Weltenfraktionen. Du Bist nur, weil Ich es Bin und Bist am Ende ganz genau dasselbe, als was Ich Mich in unermesslich glorioser Heiterkeit und Heiligkeit erfühle.

Eine Geistgeburt Bist du und wirst es ewig unverwüstlich bleiben. Denn was deinem Wesen leiblich anhängt muss von Lebenszeit zu Lebenszeit unweigerlich vergehn, derweil das Seinsintime sich beständig und bewundernswert behauptet in der Weltenzeiten Folge, Maskerade und Zerfliessen. Ich billige, was du dir sein willst und geworden bist in ellenlangen Ziselierungen, wie wortereichen Wünschen an den Schemel Meiner blanken Füsse im erblühenden Allhier. Es kündigt sich dir eine nie verebbende und gloriose Folge von Begünstigungen an, die Ich dir in Herzlichkeit und liebevoller Folgerichtigkeit gewähre. Du Bist Mein Kleinod in der Kunst der Koronaden, die Ich leichthin und beharrlich, meisterhaft und gotterhaben pflege. Nicht von schlechten Eltern ist, was *Ich* Mir jemals und für immer ausgedacht und in der Weltschau eingerichtet habe. Trotz deinem Veto geht es immer vorwärts, aufwärts, loyal und tüchtig, unverbrüchlich und voll Anmut Meiner himmlischen Gerechtigkeit und Wohlfahrt, Tradition und Seinsglückseligkeit entgegen.

4.7

Zur rechten Zeit wird alles, was Ich Bin und was du Bist, geschehn in der Unendlichkeit der Geistessphären. Der Status quo, in welchem sich das reine Sein befindet, ist an seinem Rand dem steten Wandel unterworfen, der zu dem Fabelhaften, das schon *ist*, beständig noch bewundernswerteres hinzufügt, über alles hoch erhaben.

Ich trumpfe auf, kaum dass die Karten recht verteilt sind und steche alles weniger Potente nieder, um mit Nonchalance und Bonität das Spiel schlussendlich leichthin zu gewinnen. Mir wirft niemand etwas vor, derweil Ich ihm aus vollen Schalen noch so vieles nachzuwerfen habe. Prallvoll sind Meines Seins Gestelle, derweil die deinen immerhin und immer Mangel leiden.

So trifft stets ein, was Ich Mir ausgemalt und vorgenommen habe in der weltenweiten Szenerie von Goodwill, Glorie des Himmels und Erhabenheit der Sternesphären.

Meine Würfel sind gefallen eh du auch nur einen mit dem Däumchen hast berührt und eben stets zu deinem Heil in wunderbarer Übereinkunft mit dem Meinen. Ich sende aus und singe dabei eine süsse Melodie der Hoffnung auf Gelingen dessen, was Ich wohlerwogen intendierte. Meinem Sein entspringt nur ausgegorenes und ausgewogenes von höchster Qualität und Sitte, Transparenz und Genialität. Da magst du noch so viel in deinem Teich herumrumoren, Ich habe Meine Meere glasklar aufgefüllt mit Leckerbissen göttlichen Geniessens. Nicht umsonst umschwärme Ich Mein Eigensein, das sich in feiner Fülle präsentiert von fabelhafter Diktion und Dauerhaftigkeit im frischgewachsnen Grünen.

Was *Ich* Mir Bin gehört von allem Anfang an zur höchsten Sinnkraft, Trächtigkeit und Unvergesslichkeit geschoben. Ich masse Mir die Weihe der Gerechten Gottes an, die Mich vor allen Übeln feit und Meine Schalenhände füllt mit auserlesnen Meistergaben. In Mir erreicht des reinen Seins Podest, Pedanterie, Purifikation und prickelnde Bewegtheit ihre höchste Blüte, Glorie und ihren feinsten Stil, um dann in der Erinnerung daran voll Wonne und Wahrhaftigkeit, Manierlichkeit und göttlichem Relieve ins wohlverdiente und aufs Äusserste gediegene Nirwana zu versinken.

4.8

Das Wesen Meiner Weisheit ist mit Flammenschrift ins Weltall eingetragen und bejaht es, wenn auch noch so viele es in ihrem Wähnen zu verneinen suchen. So richtig gläubig wirst du erst, wenn du dich festlich und geschmeidig in Mein Sein hineingelebt und eingeschworen hast in tief gefassten Meditationen. Meinem Sein ist wissenschaftlich und mit noch so viel Verstand nicht beizukommen; dazu braucht es ein zuinnerst und zutiefst entwickeltes Gefühl für Geisteswirklichkeiten, die sich in ihrem Dasein universenweit verbreitet, stillschweigend etabliert und manifest gehalten haben. Bist du klug, so musst du wissen, dass dir dies noch längst nicht ausreicht, um Mein ganzes Resümee an schillernden Vortrefflichkeiten auszustehn.

Ich Bin bewandert und bespielt in allen Regionen des allherrlichen Gelingens Meiner mustergültigen Vortrefflichkeiten die da sind: Unsterblichkeit im Geiste, Leben aus der Fülle Meiner selbst im Wandel der Gezeiten, sowie Bewusstheit von der Auserlesenheit und Sinnkraft Meiner Weltentaten.

Kongruent und deckungsgleich mit Mir sind alle Wesen, die demselben Ursein angehören und in ihm verankert und verklärt sind tatenfroh und tadellos. Was willst du denn noch mehr? Goldrichtig ist die Fährte des Erkennens, die Ich vor dich hin gelegt, und wie von Goldstaub mild durchrieselt ist der ewig heitre Sonnenschein, mit dem Ich dich beglücke und bis ins Allerinnerste begabe. So darfst du der Gewissheit frönen, dass du in Mir aufs Beste aufgehoben bist, so wie die Perle im Verbund der Schalen, wie der Storch im Hochnest auf dem still gewordenen Kamin.

Nun gilt es für dich dieses Wissen in der Inbrunst deines Herzens zu bewahren und bewegen, dass es Früchte trägt des Lebens in Gehorsam, Selbstbewusstheit und Genie. Du Bist viel mehr und mächtiger als du dir bisher zugetraut und zugeprostet hast, derweil Ich in dir seinsstabil und hierarchisch aufgeladen, felsenfest und tatenfroh agiere. Mit Meinem Sein vermählt, vermagst du Wunderdinge an den Tag zu legen und siehst dich immer mehr gefeit vor jeder Unbill in immerwährendem und dich verklärenden, glückseligmachendem und resoluten Seinsbehagen.

4.9

Was dort unten geschieht ist nicht immer Meiner Weisheit Überragen. Es kommen die Gesetze wahrer Menschlichkeit und Solidarität zum Tragen und die Menschen finden sich in ihrer Menschlichkeit wie nie zuvor zusammen. Was Mut und Kraft erfordert decke Ich mit Meinen Riesenkräften ab und lasse es nicht zu, dass Meine Vielgeliebten darben. Ich führe ein Register von den vielen, die der Hilfe allermeist bedürfen. Da send` Ich Meine Engel aus, um die Seinsgerechten und Entschiedenen zu guten Taten zu bewegen. Es gilt, die Ängste von den Herzen wegzunehmen, damit die Menschen wieder freier atmen können und zum Helfen motiviert sind überall, sowie um Trost zu spenden in der Seelennot. Ich empfinde und erfinde, was es braucht, um die Harmonie des Weltseins wieder herzustellen und erwecke die Getreuen Meiner Seite zu gewissenhaften Aktionen.

Dem geistig Unsichtbaren rede Ich das Wort und mache geltend, dass Ich Bin der Schöpfer des Lebendigen, das sich durch alle Krisenhaftigkeit hindurchgewunden hat durch Millionen.

Hast du den ersten Stern am Horizont im Dämmerlicht gesehn? Er zeigt sich dir zum Zeichen der Beständigkeit im Kreisen der Planeten. Hinter seinem Licht wird Meines offenbar in deinem Schauen. Von ihm strömt aller Weisheit Seim in dein gestresstes Milieu und reinigt es und einigt es mit dem was Ich Mir Bin im Unergründlichen. Jedem Aufruhr und Radau in deinem Weltsein stelle Ich die ruhige Vernunft und Fabelhaftigkeit der Geistgewalt entgegen. Ich Bin die Klarheit der Gedanken, wo Myriaden Denksysteme arg getrübt und angeschlagen, lädiert und aufgescheucht sein mögen. Die ruhige Bestimmtheit Meiner Züge ordnet wieder was verwirrt und deformiert, angegriffen und verunziert war.

Mein Sein und Sinnen überschaut noch jede Lebensszene mit Bedacht und sieht sich jederzeit imstande Gradlinigkeit, sowie den Wohllaut der Genügsamkeit in ihr zu etablieren. Das ist Meine Fülle in den Wogen wie die überragende Errungenschaft, die Ich Mir ohne weiteres zugute halte. Ich will und kann und küsse dir die Füsse, wenn es sein muss, um sie auf Meine Fährte, Meinen Seinsgewinn und auf Mein Ideal der Menschengöttlichkeit zu lenken.

4.10

Ich Bin am Bug der Zeit Allherrlichkeit und lasse Meinen Strahl von Licht und Liebe förmlich in den deinen fahren. Meine Wirklichkeit ist mit der deinen unfehlbar und sachgerecht verbunden und nährt und hegt sie ohne Zweifel in der besten Absicht - und verliebt in sie bis über beide Ohren. Gehaltvoll und aufs Äusserste gediegen ist, was Ich dir allezeit zu bieten habe. Es ist Substanz und Manifest von Meiner geistgefütterten Ägide der Allherrlichkeit, in der Ich seit Äonen Bin und seinsglückselig wohne.

Was immer Ich Mir aus Gedankenschärfe, Wohlgemutheit, Willenskraft und geistgesättigtem Genie erschaffen habe, ist nach wie vor von Meinem Saft und Meiner Kraft durchflossen und belebt es und erhebt es hoch zu Mir, sowie zu Meinen fantasiebegabten Multivationen.

Was Edelmut ist, brauche Ich dir nimmer zu erklären; aber dass er dich im Innersten betrifft und wirkt und sich allüberall verbreitet ist Mein unerschütterliches Ideal, das sich verwirklicht sinngemäss und zweifellos. Es springt das Feuer der Begeisterung am Sein und Leben unablässig zu dir über und bewegt dich dazu, dich mit Andacht und Gelassenheit, Vertrauen und Bewusstheit gleichgestimmt und Meiner würdig zu verhalten. Das weckt in dir den Zug zur Freundlichkeit mit allen Wesen, die da *sind* und die sich im unendlich weiten Universenreigen zu Mir neigen, liebevoll, wahrhaftig und bewusst entschieden.

In diesem Sinn sind deine wägsten und bedeutungsvollsten Herzenswünsche schon zu deinen Gunsten von Mir ausgeschieden und erlaben dich und deinesgleichen von der Wurzel bis zur Blüte deines Seins in wunderbarer Weise mehr und mehr. Das Sternenbanner über deinem Haupte wird dir zum Symbol der Himmelnavigation, mit der Ich Mich seit immer durch den Allraum dirigiere. Meine Lichter sind auf Seinsglückseligkeit getrimmt und genauso soll es auch mit deinen hochgewölbten, gottbegnadeten und vom Weltengeist erfüllten werden.

4.11

Kommst du zu dir, geliebte Erde, kommst du zugleich auch zu Mir im Geistessinne, so wie Ich es immer vorgesehen habe. Wie heisst es doch, von Mir mit Feuerlettern in dein Herz geschrieben, dass du hinter den Erscheinungen der Welt Mein Walten sollst gewahren. Ein jeder deiner Lebenstage ist getränkt mit einer Fülle veritabler Dienste, die Ich deiner Wohlfahrt wegen in die Wege leite. Du merkst es nicht, doch geb Ich's dir zu wissen durch Mein Wort der strömenden Wahrhaftigkeit und Lebensliebe.

Ich Bin Es in deinen Wundern wie in deinem wunderbaren Seinsgefühl, an dem du dich erlaben und erholen kannst von den Strapazen, die das Dasein von dir abverlangt seit eh und je. Willst du Mich guter Vater nennen, so erfühle Ich dich als Mein Kind und führe dich mit innigem Begaben in das Land der Herzensgüte, der Allmenschlichkeit und der Verbundenheit mit Mir in allen deinen Komplikationen.

Was dich beständig zögern lassen will, ist Meine Art und Weise, deine Kräfte des Entscheidens wirkungsvoll zu stählen und dir Konsequenz und Seinsvertrauen, Liebe zum Allhöchsten sowie Achtung vor dir selber beizubringen.

Meine Geistesgegenwart in dir verleiht dir Flügel, die dich fähig machen, deine Lebensängste elegant zu überwinden und unter Meiner Seinsägide wahre Menschengöttlichkeit ins Feld zu führen. Deine Zügel sind von Meinen silberhell geprägt und sollen wie die Sonne leuchten, einer Welt der Düsterkeit, Lieblosigkeit und Ängstlichkeit entgegen. Meine Kräfte werden zu den deinen und Mein In-dir-Gegenwärtigsein bewirkt die staunenswerte Wende zum erhabenen und geistbeseelten Vorwärtsschreiten. In Mir und Meinem Milieu ist alles gut, was vordem kritisch war, und im Bewusstsein Meiner Güte und Gelassenheit darfst auch du in aller Ruhe, Heiterkeit und Zuversicht in deine gottgeweihte Zukunft schreiten.

4.12

Was gewahrst du, wenn du in dich gehst in der Gedankenstille, schauend was du Bist in deinem sagenhaften Seinsgefühl? Eine Güte ohnegleichen, die sich um dein Dasein kümmert und in ihm die Meisterrolle spielt, derweil Ich Mich in dir damit begnüge, ein Statist zu sein in des Lebens mondial gefütterter Manege. Gut gesprochen Mein Genosse in dem Schaustück, das sich über Generationen in die Länge und die Breite zieht zu deinen wie zu Meinen Gunsten. Alle sind dazu berufen, sich in den Dienst derselben Sache, Seinslebendigkeit und Solidarität zu stellen, die unter Meiner Leitung und Lasur Geschichte macht von unnachahmlicher Grandezza und höchst verwegnen und riskanten Idealen.

Nun sieh den Massstab, den *Ich* an die Seinsgeburt der weltlichen Belange lege. Es ist die Spannung der Allgöttlichkeit, in deren Weite, Nähe und Bewusstheit Ich beständig und inständig operiere. Da nützen dir Behauptungen von: ach wie lieblich ausgedacht und fantasiert, nicht viel. Ich Bin und habe es nicht nötig, irgend jemanden von dem zu überzeugen, was Ich für

Mich selbst zuinnerst und zutiefst begriffen habe. Lass es gut sein, wenn Ich dich zumindest dahin väterlich belehre, dass auch du dir Bist ein Unikum und Unikat von seinsbedingter Eigenart und ausgesuchter Schöne. Das wirst du im Verlauf der Zeit von selbst erfahren, wenn dich die Einsicht wie der Blitz vom heitern Himmel trifft, dass deines Seins Gefieder eine Feder ist, vom reinen Sein geschaffen und behütet und aufs Trefflichste genährt.

Das übersteigt wohl dein Begreifen jetzt, es wird jedoch von dir unweigerlich begriffen werden, wenn du in der absoluten Stille und Gestilltheit deiner selbst gewahrst, was du in Wahrheit Bist und was du über dich zu sagen weisst in überzeugenden Sentenzen und mit einem wunderbar gesättigten und heiter aufgemachten Seins-gefühl.

Zum guten Ende sollst du an den Anfang kommen deines Existierens, und der Bin Ich im vollen Seinsornat und mit der Geisteskraft begabt, die sich zum Ziel genommen hat sich universenweit und zielgerichtet zu verströmen. Im Strom der Gottesgüte lebest du und Bist Mein seins-glückseliges In-dir-Verweilen.

4.13

Ich halte sehr dafür, dass in Meinem Reich und Reichtum alles was geschieht mit rechten Dingen zu- und hergeht unter der markanten Klarsicht Meiner Züge. Ohne Wenn und Aber sollst auch du dich an die Regeln wahren Seins und Sinnens halten, die da gültig sind seit Urgedenken.

Es koste was es wolle, aber deinem freien Fantasieren soll auch Disziplin und Wohlgeordnetheit, Bewusstheit und markante Überlegtheit zugeordnet sein. Zudem ist es sehr ratsam, dass das von dir ausgeheckte Meinem Willen unterstellt wird als dem seinsumfassenden Patron.

Ich liebe es, das erste wie das letzte Wort im würdigen Gelehrtenkreis zu führen. Das macht den Rang, die Reihe und den Hochsitz offenbar, die Ich selbstverständlich und genügsam einzunehmen pflege. Dabei ist Mir nichts zu viel, wenn Ich alles, was da *ist*, bis ins geringste Detail zu beachten und zu pflegen habe. Solche Sorgfalt kann nur Ich dem Weltkreis angedeihen lassen, weil Mein Adlerblick die Weiten der Allherrlichkeit mit staunenswerter Schärfe und Gewissheit überrundet und klassiert.

Auf jede deiner noch so diffizilen, penetranten, ausgefallenen und wissbegierigen Fragen vermag Ich eine Antwort von erhabenem Gehalt und gotteswürdigem Befund in Kürze zu erteilen. Das ist, weil Mein Bewusstsein einer Klarheit ohnegleichen sich erfreut, und weil Mein wissendes Gewebe alles registriert hält, was da *ist* und war, in wundertätigem Erinnern. Mein Hohes ist zugleich mit jedem noch so Niederträchtigen verbunden, um es mählich und gekonnt in sagenhafte Wertbeständigkeit, Gutmütigkeit und meisterhafte Eloquenz hinaufzuführen. Seinsgerecht und wahr wird alles in Mir sein am Ende dessen, was Ich als Mein Ideal und Meine Formvollendetheit erfunden habe. Nicht umsonst Bin Ich von aller Welt als „gross Bist du und heilig" ausgesungen in der veritablen Seinsbeglückung und Befriedung die Mir eigen.

4.14

Am Puls der Welten Bin Ich Schlag auf Schlag der benedeiende Gefährte allen Seins und Lebens. Ich verwandle alles noch zum Guten, was da träge, unentschlossen, lustlos und banal seine Zeit vertrödelt würdelos. Wenig Aufwand fällt Mir zu, um Ozeane zu bestürmen und den Winden Kraft und Kühnheit zu verleihen für ihr wirkungsvolles Metier.

Meine Pracht wie auch Mein Mitgefühl am Sortiment der Wesen, die Ich längelang hervorgebracht, ist unbeschreiblich und vermehrt sich durch sich selbst in wunderbar gesättigten und aufgeworfnen Wogen. Aus nichts und aber nichts als Meiner Fantasie und Fürbitt, Sprungkraft und Manierlichkeit hab Ich Mir Weltgewichte, Lebenssprossen und Gedeihen himmelweit zurechtgelegt in spielerischer Marinade. Du Bist mitten in den Strudel, den Ich freien Sinns entfacht, hineingeworfen und hast dich im irdischen Klamauk und Künstlertum, wie auch im übersinnlich wachgewordnen Rauschen immerfort zurechtzufinden ohne Pardon, aber schlicht und liebevoll durchströmt von Meinem götterlichten Mitgefühl.

Eine Wende geht vonstatten in Bezug auf deines Seins erschüttertem Gefühl, indem sich dein Bewusstsein nach und nach bis ins Unendliche erweitert, das Ich Bin und das sich als das Weltgewissen von enormer Schaffenswie auch Geisteskraft erweist im zauberhaften Numinosen. Du magst Mir aus dem Wege gehen wollen, wie du immer willst, Ich hol` dich ohne jeden Zweifel immer wieder ein, um dir die Frage vorzustellen: Siehst du dich sein und erkennst du deines Lebens Paternoster und Regie voll Inbrunst als die Meinen an in deinem Endlich-Mich-aufs-Innigste-Verehren.

Du hast den Lärm erfunden, Ich die Stille des Begreifens Meiner selbst im Unsichtbaren. Lass dich bitte mit ihr ein und lerne lauschen regelrecht in deinem Seelensein sowie mit deiner Fähigkeit auch Dinge wahrzunehmen, die dir nicht offensichtlich vor der Nase liegen. Darin zeigt sich dir die wahre Grösse deiner selbst in Meinem Resümee und Meinem hoch beglückten Seinsgebaren.

4.15

Bist du agil, so muss es dazu noch „in welchem Sinne" heissen. Verwandlungsfähig musst du sein, damit du allen, Kniffen, Kuriositäten, Lappalien und Bedürfnissen des Lebens Paroli bieten kannst. Soviel Munterkeit und Mischwerk kann im Grund genommen nur der Eine, der Ich Bin, in dir bewirken, denn Meine Kenntnisse und Kombinationen über allem sind schlichtweg phänomenal. So muss es für dich gelten, dich in jedem Fall vor höherwertigen Entscheiden unbedingt an Mich zu wenden, der in hintergründiger Bedachtsamkeit die Fäden zieht, die sich allein als wirksam, partnerschaftlich und erfolggekrönt erweisen.

Was immer Ich der Welt der wogenden Gemüter zu entbieten habe, ist von einer Qualität, die sich auch von der nächsten Nähe wahrlich sehen lassen kann und die beglückende und seelenvolle Konsequenzen nach sich zieht. Was immer dich beschäftigt, findet in Mir die bewundernswerte Übersicht, die schliesslich universenweit zur Seinserbauung führt und zum richtungweisenden Erlaben.

Manufakturen mag es viele wie der Meersand geben, doch nur Meine schlängelt sich durch alle Widrigkeiten, Kalamitäten und Empfindlichkeiten elegant, kaulquappengleich dem angestrebten Ziel entgegen. Unter Einbezug der besten Kräfte ziehe Ich mit ganzen Geistergenerationen an demselben Tau und lass es Mir bewusst und heiter angelegen sein die götterlichte Überlegenheit, sowie das Veto, zu geniessen, die Mir stets weiterhelfen auf der Fahrt ins Eldorado Meiner mustergültigen Ideen.

Was immer Ich erkenne kann Ich auch bekennen als das Nonplusultra dessen, was gerade nötig ist, um die verzwickte Situation zu retten und einem sagenhaften

Ende zuzuführen. Meine Fähigkeit, gleich nach dem Strich ein Resümee von überschauender Bewusstheit und Gediegenheit, markanter Überlegtheit und Rendite hinzulegen, ist wahrhaftig Legion und kann von keiner noch so aufgeblasnen Qualle jemals überboten werden. Mein Wahrspruch lautet: alles was Ich Bin ist der Elite unverblümter Göttlichkeit, Entschiedenheit und Herzensgüte zuzuordnen, dir zulieb und Mir zu Ehre.

4.16

Das Beliebige ist nicht Mein Ding, Ich liebe das Konkrete in Meines Schaffens und Erschaffens vielbedeutenden und ausserordentlichen Qualitäten. Die Gabe der Verheissung grandioser Manifeste lädt Mich laufend mit dem Mumm und mit der Sicherheit sie auch wirklich durchzuführen, sei's mit Pauken und Trompeten, sei`s in aller Stille, von der Masse kaum bemerkt, dass Ich es war.

Verlässest du dich ganz auf dich, so kann dir manches wohl aufs Trefflichste gelingen. Bist du aber wohlbedacht darauf Mich vorsichtshalber beizuziehn, so übertriffst du dich in deiner Effizienz wie auch in dem Ergebnis deiner fulminantem Taten um Potenzen Meinetwegen in bedeutungsvollem Stil. Es gibt nichts ausser Mir, das sich mit soviel Power und Geschick dem Schaffen widmen kann in kosmischen Dimensionen. Und diese müssen Mir an jeder Stelle des Bewusstseins unbedingt am Herzen liegen. Ich weiche keiner Schwierigkeit auch nur um *eine* winzige Facette aus, indem Ich alleweil und bis aufs Tüpfchen weiss, wie sie behend und schwungvoll überwunden werden kann. Auf Meinem Amboss siehst du dauernd Funken sprühn von veritablem Sinngehalt und faszinierendem Zerstieben. Mitunter lasse Ich es Mir gefallen, besonders tief in die Gewölbe Meines Wohlverstands zu greifen, um Werke, Wirkungen und überragende Gestaltungen hervorzubringen, die jedermann bestechen und ihm Bewunderung und Beifall, stehenden Applaus und gar hysterisches Geschrei entlocken.

Melde dich bei Mir so oft wie möglich oder gar für immer, damit Ich deinen Zügen Heiterkeit und Wohlgemutheit, lässiges Lächeln, wie die bare Lust verleihen kann, ob dem was dir gelungen ist mit Nonchalance und Narrenfreiheit aufs Tapet zu bringen. Das nenne Ich gekonntes Seinsverfahren im Bewusstsein deiner Kräfte, die beständig und intens von Mir zu dir hinüberströmen. Wie die Palme wiegst du dich im Winde Meiner Zuverlässigkeit im Handeln und Begreifen, die Ich dir voll Liebe und Behutsamkeit, Wesenstreue und Ergiebigkeit von Meines Geistes Reich zu deinem transferiere.

4.17

Mit was für göttlichen Gefühlen gingst du einst und gehst du jetzt dem Ewigen entgegen, wenn du weisst, dass es dir Erlösung bringt von den verhängnisvollen Illusionen, welche du gepflegt hast und auch pflegen musstest in der gegenwärtigen Epoche des verführerischen Weltge-schehns. Du weisst nicht, dass du Bist und dass dein Wesen von der Geisteswirklichkeit beseelt ist, die Ich Bin und die dich mit der grössten Selbstverständlichkeit zu Meinem Gegenwärtigsein erhebt.

So lang wie breit versuche Ich dir zu erklären, was in Mir so zu- und hergeht in der Selbst- und Seinsbewusstheit Meiner Wesenszüge. Kontinuität ist angesagt in Meinem Falle wie dem deinen über Generationen, Kontinente, Demonstrationen und Verbindlichkeiten hin mit dem was *ist* und was Ich Bin im sagenhaften Sein von eignen Gnaden.

Gehorchst du den Gesetzen, die Ich als in sich selbst plausibel und gerecht vor deinen Sinn gestellt und vor dir ausgebreitet habe, wird es dir federleicht, nach Meinem Ideal zu reüssieren und deinen Lebensweg mit Andacht und Gewinn, vertrauensvoller Hingegebenheit und Seinsbewusstheit zu beschreiten.

Du klammerst nie mehr aus, was Ich dir zu bedenken, einzurenken sowie zu erfüllen aufgegeben habe. Drückeberger sind auf Meiner Zunge alles andere als süss und werden sogleich ausgespien schon beim leisesten Berühren. Jeder Zipfel, den du von Mir siehst, zieht dich wahrhaftig magisch an und versucht, dich für sich einzunehmen. Das ist die feine Götterart, mit der Ich sehr erfolgreich operiere, um in Meinem Reich die seinsgewisse Ordnung herzustellen, so wie es Mir denn auch gebührt.

Was immer Ich beginne strotzt von Überlegtheit, Überlegenheit und Harmonie in den Weiten Meiner seinsbewussten und aufs Überirdische gerichteten Regie. Sie markiert was Ich zu leisten fähig Bin im All der gütestrahlenden Erbaulichkeiten, die Ich ohne jeden Abstrich mit Bedacht, Wohlwollen, Herzlichkeit und Umsicht pflege. Das schafft die Atmosphäre der Beglückung, die Mein Weltenwesen ziert im Schwunge zahllos aufgebrachter glänzender Kreationen.

4.18

Ich verkünde das Prinzip der Hoffnung auf gediegenere Zeiten und gedenke sie in eigener Regie im Weltall einzuführen. In Meiner Sichtung, sowie unter Meinem Seinsbefehl geschieht in Fülle was geschehen soll allüberall, wo Ich das Zepter und den Zufluss führe. Ich begreife Mich in jeder Situation, die Ich voll Nerv, Fertilität, Manierlichkeit und Ebenmass heraufbeschworen. Gerade das ist schon recht viel, viel mehr jedoch ist Meine Fähigkeit, Mich Stück um Stück genau in dies und das und jenes zu verwandeln, was Mir eben einfällt in der Vielfalt Meiner Kompositionen.

Mir ist es ein leichtes, überall den rechten Ton zu finden, wo Ich neue Unternehmungen und sinngeladne Schritte himmelwärts befehle. Auf niemand ist so sehr Verlass wie auf Mich selber, darf Ich frohgemut und siegessicher konstatieren.

Aus Meinem Seinsgefühl und Folgern braut sich manches Dräuende zusammen, doch aus Meiner Perspektive klärt der Himmel sich in Kürze wieder auf, sodass die eingeschüchterten Gemüter wieder freier atmen und ihr Sein in vollen Zügen, Zuckungen und zuckersüssen Offenbarungen geniessen können.

Wie immer sage Ich da keineswegs zuviel, wenn Ich steif und fest behaupte, dass Mir das ganze universenweite Tun und Trachten, Weben und Getuschel innig wohlgefällt in Meiner Eigenschaft als omnikreatives Hochtalent im geistgewissen Prosperieren. Schliesslich habe Ich in Meinem Reich und Reichtum alle Hände voll zu tun, um das im Gang zu halten, was Ich angekurbelt habe, wie um dem an sich schon meisterhaften noch gerisseneres und edleres hinzuzufügen.

Wenn auch allüberall Mein Wille lückenlos geschieht, so muss auch der deine, deiner Art gemäss, geziemend und beglückend in ihm Einzug halten. Das wird dann zur festlichen und friedlichen Synthese zwischen hoch und niedrig, warm und kalt, wie zwischen allen seinserhabenen und multiplexen, überaus gediegenen und glückerfüllten Weltenwesen.

5

Beförderung der Weltenszene

5.1

Mit Mir ist immer dann zu rechnen, wenn Veränderungen anstehn grossen Stils im Evolutionenschreiten. Da fällt für dich kein Wenn und Aber an, weil die Beherrschung und Beförderung der Weltenszene nur von höchster Warte aus beurteilt, dirigiert und der Vollendung zugetrieben werden kann. Gestehst du dir dein Unvermögen ein, die globalen Dinge von der Wurzel und vom Ursprung her gebürend zu begreifen, kommst du Mir und Meinem Leisten schon recht nah. Ein Überirdisches muss walten, schlägt in dein Gewissen ein und seine Pläne sind nicht aufzuhalten, kommt dir recht plausibel vor.

Dafür bricht eben Meine Stunde an im Denken und Gefühl der Menschen, welche sich in allem Ernst um ihres Daseins Gründe und Begründungen, Konstellationen und Betriebsamkeiten kümmern wollen. Diesen sende Ich Mein Wort entgegen: fanget an zu sein und behaltet Mich im Auge, der Ich Bin seit Anbeginn der Zeiten.

Wer rüttelt, rüttelt immer an sich selbst, weil er selbander mit Mir im Begriffe ist dem Weltenlauf sein Siegel einzuprägen. In dieser Hinsicht gibt es keinen Unterschied zwischen dem was die Gelehrten den Bewahrer des Lordsiegels nennen und dem simplen Bürger einer Welt, der sein Scherflein beiträgt zum gewaltig kosmischen Gelingen.

„Wo du bist, da will auch ich begraben sein", ist eine gängige Parole, die für Mich Erweiterung erfährt im Sinn von: „Wo *Ich* Bin darin wirst du in freudiger Gelassenheit und Gottesminne wieder auferstehn". Von Mir aus gibt es nur das Hin und Her vom selben Sein im irdischen sowie im geistigen Bereich des Weltenganzen, dem Ich in der Vollbewusstheit Meiner Züge innewohne. Das markiert den grossen Unterschied zwischen dir und Mir, dass Ich Bin und es gebührend wahrgenommen habe, derweil du noch als wie im Schlafe durch dein Dasein wandelst, ohne dich zu kennen und im profunden zu benennen in der Phase deines Seiens hier.

So und somit ist es Mir wie nichts daran gelegen, dich aus deiner Schläfrigkeit herauszudirigieren, um dich in der Morgenröte dieser Zeit mit deinem wahren Ich bekannt zu machen, deinem glückerfüllten Menschen-göttersein entgegen.

5.2

Was kommt, muss von Mir kommen, damit es allen Widerwertigkeiten standhält beim Erfüllen seiner Bahn. Ich sorge dafür, dass die nötigen Erlasse jedermann bekannt sind und dass ihrem Nichtbefolgen die gerechte Strafe auf dem Fusse folgt. Das generiert ein Reich der guten Hoffnung auf Gerechtigkeit und Frieden, so wie *Ich* es Mir in ruhiger Gelassenheit ersonnen. Was Ich dir ganz besonders nahelegen will, ist das Beachten einer seelenvollen Seinsmoral, die sich um alles kümmert, was in Meinem Hause, wie in deiner Hemisphäre, vorgeht in der Lebenstage buntgeschecktem Brausen.

Gestehst du Mir das Vorrecht zu, im ersten Rang und Kabinett, Befehlsstand und Manöver zu regieren, so kann Ich dir das weitere in guten Treuen überlassen im unendlich vielgestaltigen Gedankenheer. Das von dir Gewollte ist für Endlichkeiten ausgedacht, die kommen und zur rechten Zeit auch wieder zu verschwinden haben. Nicht überladen soll die Seinsnatur einhergehn, sondern in gekonnt gestalteten Proportionen. Mein Mass ist auf beglückende und wohlgefällige Manierlichkeit bedacht, die ihm Beachtung, Beifall und Begeisterung gebiert. Du kannst es sehen wie du willst, alles, was von Mir erdacht ist, trägt den Schwung und Reiz der Weltengöttlichkeit von dannen. Du erkennst Mich aus der Ziseliertheit und

Geschliffenheit von Meinen Schöpfertaten und brauchst dich nicht zu wundern, wenn sie Vorzüglichkeit und höchste Qualität, Verspieltheit und Gemeinsinn atmen.

Kannst du ermessen, wie verschieden Meine Taktik von der deinen ist, wenn es darum geht ein Weltenwerk in Szene und Betrieb zu setzen oder einem bitteren Kaffee die nötige Versüssung zu verleihen. Allgemach wirst du jedoch aus deiner Kleinkariertheit und Befangenheit erwachen und erwachsen sein, um in der Domäne, reicher, reiner Kunst agil und dominant zu sein. Das zeugt dann von den Inspirationen, die Ich voll Verve, Gutmütigkeit und Sachverstand in dein Bewusstsein strömen lasse. Bieder Bin Ich nie, raffiniert und ausgewogen, wohlgesittet, talentiert und tüchtig aber schon in allen Sparten Meiner seinsbedingten Schöne. Spürst du sie auf, so kann Ich dir dazu nur gratulieren und dich mit dem Orden der Gerechten Gottes schmücken im wohlgewogenen Vorübergehn.

5.3

Woher dies alles kommt, wirst du dich fragen, wenn du in Gedanken die Ereignisse des Lebens, wie die Fülle der Gestaltungen vor dir Parade laufen lässest. Für Mich ist das kein Wunder, denn aus Meiner Perspektive geistigen Beschauens weiss Ich Mich als Ursprung, Kraftstrom und beflissener Erhalter allen Weltgeschehns. Was dir noch suspekt und unglaubwürdig vorkommt, liegt Mir klar und haarscharf vor den Augen der Gerechtigkeit am Sein und Leben. Dir hat die Stunde längst geschlagen, wo du im Erkennen wissen solltest welche Zauberkräfte, Zelebrationen, Meisterschaften und Befugnisse dem Weltgeschehn zugrundeliegen.

Es mutet dich noch seltsam an, von Mir mit soviel hintergründigem bedacht zu werden. Dereinst jedoch wird es dir gelingen, dein Bewusstsein regelrecht und zielbewusst in Meines zu versetzen, um dich in der Hemisphäre der Gottseligkeit und Seinsbewusstheit richtig wohl zu fühlen.

Dass du dann in Mir Bist mag dir noch als Märchen aus den Tausend und ein Nächten ins Gemüte klingen. Doch sukzessive wird es wirklich wahr und dir ist's mitten in der weltlichen Misere so zumute, als ob du ständig jubilieren müsstest im Erfahren deiner wahren Wesensbilligkeit und Seinsidentität. Dein A und O ist das Bewusstsein von dir selbst als Träger und Behüter Meines Universenseins in vollen, runden Zügen. Was immer festlich und erhaben an dir ist, ist dir herzinnig offenbar geworden. Keine Mängel, Scherereien und Verluste wirst du mehr in deinem Lebensreiche finden; alles atmet Frische, Zuversicht, Prosperität und Heiterkeit des Wohlgelingens deiner Pläne. Sind sie doch in Mir und Meinem Resümee gediehen und von Mir beachtet und behütet aus der Ferne in der Näh. Deine Absicht war es grandios zu werden und nun Bist du es, indem du Meine Gegenwart in deinem Wesen ausgeforscht und akzeptiert hast, ohne den geringsten Zweifel noch daran zu hegen. Das Meine ist zu deinem und das deine Meins geworden im unendlichen Verhältnis, das wir miteinander pflegen. Deines Seins Geschichte ist damit eröffnet und wird sich in Mir und Meinem Wesen in Glückseligkeit vollenden.

5.4

In Meinem Seinsgewissen lodern viele Feuer der Begeisterung am Sinngehalt des Lebens, die Ich ständig und inständig unterhalte, im Bewusstsein ihrer sagenhaften schöpferfreudigen Struktur. Ich schätze das lebendig und agil Gewordene als Meinen Schatz, den Ich gekonnt durch Blüte-, Brach- und Krisenzeiten trage. Hängt auch in besonders kritisch aufgeworfnen Fällen alles wie an einem Fädchen, so gelingt es Mir mit

Meinem Sachverstand und Meiner kräftevollen Signatur dem stockenden den seinsgemässen Schwung und die beförderliche Rasse beizubringen.

Alles in Mir hat schliesslich seine Richtigkeit und seinen eminenten Charme in der Folge Meiner universenweiten Siegestaten. Bin Ich auch nicht sichtbar, sind es Meine siebenfach bewährten menschlichen Vertreter umso mehr. Sie schaffen es, dem Weltbetrieb Mein Siegel einzuprägen, damit er stets und ungebrochen, krisenfest und fabelhaft floriere immerzu im Zeitenlosen.

Bin Ich, so Bin Ich unbestritten der Creator Mundi dem die Welt gehört mit allen ihren Schätzen, Schöpfungen und multiplexen Funktionen. Wenn du Besitz ergreifst bedenke wohl, dass es der Meine ist in erster wie in letzter Konsequenz und dass er einst von dir zurückgefordert wird, vermehrt um deine Müh und Not und deine freudenvollen Kompositionen.

Ich klage dich nicht an, um deiner Fehler und Versuche Willen gut und Meiner wert zu sein in deiner Unbeholfenheit und deinen kläglich aufgemachten Dispositionen. Dein ganzes Heil liegt darin, dass Ich dich wie eh und je und allezeit am Wickel halte und dass du endlich auch begreifst, wie sehr du Mir verbunden bist bis ins kleinste Detail auf gedeihen und verderb, wie auf den Flügeln der glückseligmachenden Errungenschaften in der Pflege deiner Geistkultur.

Nicht von schlechten Eltern kann das sein, was du von Mir gelernt und mitbekommen hast in deinem Reich der überragenden Empfindsamkeit am Sein, wie am Ins-Unbekannte-Streben. Fühlst du dich von Mir und Meinesgleichen akzeptiert und so, wie du es eben Bist, genommen, kann Ich dir versichern, dass es immer mehr sein wird an Sympathie und veritabler Geisteskost, mit denen Ich dich wunderbarerweis begüte.

5.5
Überlegungen zur aktuellen Lebenssituation.

Dass die ganze Welt zur Bühne wird für einen Auftritt von bestürzender nie dagewesener Realität ist Meiner Weitsicht, Kreativität, Ursprünglichkeit und Sorge um den ausgebeuteten Planeten Erde zu verdanken. Meine Mittel reichen von zerstörerischer Sturmgewalt, von beutegierigen Flächenbränden, seismisch aufgeworfnen Wogenmassen, bis zu minikrimen Krankheitskeimen, die der Menschenwelt den höchsten Aufruhr applizieren. Ich rüttle zur Besinnung auf auf jene Werte, die das Leben an sich lebenstüchtig, wohlbekömmlich, sinnvoll, ökologisch und den Geisteskräften zugewandt erhalten. Mein Bestreben ist es, Mitgefühl und Solidarität, Sinn fürs Übersinnliche und tiefgefasstes Seinsvertrauen zu kreieren. Durch Elementenstärke lass Ich Herzensmilde walten, die voll Güte zur Besinnung auf das Wesentliche, Menschenwürdige und Seinsgerechte führt. Letztlich zählt nicht mehr die Schlauheit der Ganoven, sondern Meine Liebe zu den lebedurstigen Geschöpfen, die ihr Dasein Meiner Geisteskraft wie Meinem Schaffensdrang verdanken.

Ich trete auf, wo du die Ideale Meiner Seinskultur mit Füssen trittst und werfe dich zurück, wo du in deinem Eifer, Eigensinn und deiner Arroganz zerstörst, was Ich mit grösster Umsicht aufgebaut und eingerichtet habe. Wollen kannst du schon, aber gutes, seinsgerechtes und erhabenes vollbringen fällt dir noch recht schwer. Deine Ideale müssen sich den Meinen, weisheitsvollen zwanglos beugen, aus profunder Einsicht in Mein sagenhaftes Seinsgehaben. Du bist noch lange keine Sage, Ich aber Bin die Saga von der universenweiten

Seinspräsenz in die Ich Mich verausgabt habe. Das unterscheidet dich von Mir und dem bewundernswerten Weltenduktus, den Ich kategorisch intus habe. Was dich rettet vom Verderben wird die profunde und beseligende Einsicht sein, dass du Mich Bist, in voller Lebelustigkeit und Aktion. In Mir kannst du dein wahres Sein und deine abergründige Bestimmung und Beglaubigung erfahren. Ist dein Seinsgefühl in wunderbarer Transformation dem Meinen gleich geworden, darfst du in elysischer Herzinnigkeit und Seinsbewusstheit deinen nächsten Lebensläufen froh entgegensehn und sie gelassen mit dem Stempel der Glückseligkeit beprägen.

5.6

Partielles mag Ich schlecht ertragen, weil es in seinem Unverstand bestrebt ist, sich von Mir und Meiner Allgemeinschaft abzulösen. Das zeitigt Missverständnisse und Differenzen durch die ganze Hierarchie der Gottesgeister bis hinunter zu den menschlichen Bezügen. Ich nehme punktgenau und innig wahr, was abläuft in des Alls Verfügen und Genügen, seinen Aberrationen wie vor allem seinen Richtigkeiten. Ebenso wie Ich sondiere steh Ich ständig im Begriff die Lebensdinge zu sortieren nach: hoch und niedrig, klug und töricht, dilettantisch und professionell. Auf diese Weise kann es Mir gelingen, jedes Wesen seiner Eigenart gemäss zu unterhalten und zu fördern bis es fähig ist, sich völlig in das Ganze integriert zu fühlen. Und wer ist das Ganze? Ich in Meiner Eigenschaft als das, was *ist,* im Weltenall zu figurieren. Körperlich und unverkörpert schaue Ich in der Ägide des Geschaffenen Mich selber an und unterhalte Mich mit ihm in einer Art und Weise, die beseligt, Hoffnung und Vertrauen generiert und Meine Einigkeit mit allem, was da *ist,* aufs Feierlichste und Gewogenste bestätigt.

Was Ich Bin ist demnach überall in corpore und Redlichkeit, Vertrautheit mit dem Sternenraum sowie mit der Allgeistigkeit verbunden. Das bewirkt, dass Ich bestrebt Bin. jedes schwere Los zu lindern und jeder Lebensfreude einen Zacken zuzulegen. In Bezug auf partnerschaftliche Impulse, Regelmässigkeit und Generosität lass Ich Mich nicht lumpen und gewähre, was von Mir gewünscht wird, anstandslos. Nur dass es rein und lauter sei ist immerzu zu wünschen, denn im andern Falle führt der Bittende sich selber ins Verderben.

Mir liegt das Konstruktive, genial Gefächerte wie nichts am Herzen. Es breitet sich unmissverständlich bis ins unendliche der Sphären aus, um das zu feiern was Ich Bin und was es *ist*, in seinem raumerfüllenden Sich-selber-Offenbaren. So ist, was Ich Mir Bin, das Nonplusultra der Geschichte des Allseiens wie auch die der Selbst-Bewusstheit jedes Individuums in seinem Sich-Erkennen als das Eine, liebevoll, beglückt und sonnenklar.

5.7

Gehab dich wohl, scheint dir die Mutter der Natur von Tag zu Tag recht innig vorzutragen. Sie meint damit: lass Mich in Meinem Frieden ruhn, so wie Ich Bin und wie Ich Mich seit ehdem eingerichtet habe. Ich brauche deine Hilfe nicht, um in Anstand und Verbindlichkeit zu überleben. Du aber bist auf Mich und Meine Liebesgaben gründlich angewiesen. Beginnst du Raubbau an Mir zu begehn ist das wie Raubbau an dir selbst,, weil du zerstörst auf was du zählen musst in deinem viel-gewandten und genannten Disponieren.

Was immer Ich dir ins Gewissen lege hat den Zweck, das Seinsnatürliche in Harmonie zu bringen mit sich selber, weil es nur auf diese Weise richtig aufblühn und florieren kann in seiner gottgegeben Manier. Was für Mein weltenschöpferisches Wollen und Gestalten selbst-verständlich ist, soll auch für dich ein Muss, sowie ein unbedenkliches Verhalten werden.

In diese Überlegungen spielt die Gewissheit mit hinein, dass sich die Erdenwelt per se und ohne Zweifel in ein Paradies verwandeln lässt, wenn nur die menschliche Vernunft sich selbst beherrschen lernt und ihren rabiaten Zügen gottgewollte Schlichtheit, Rücksichtnahme und Bewusstheit beizubringen fähig wird. Das Menschenvolk ist zu gescheit und unbekümmert, selbstherrlich und verräterisch geworden an den Gütern, die Ich ihm in langgedehnten Schöpfungsperioden zugehalten und voll Inbrunst zugemutet habe. Nun muss es zu der höheren Einsicht kommen, dass ihm selber eigentlich gar nichts gehört und nur geliehen ist von dem, der *ist*, und der in seiner Weisheit und Gelassenheit, Weitsicht, Gutmütigkeit und Güte es sich leisten kann, ein Risiko von kosmischem Bedeuten mit dir und deinesgleichen einzugehn.

Sein in Meinem Sinne oder eben Nicht-Sein steht hier konsequent in Frage, und entscheiden musst du ganz allein im Herzenskämmerlein. Ich ziehe mit, kannst du dir sagen und befreie mich von allem Tand, indem ich mich dem anvertraue, der des Vertrauens würdig ist und der das Sein ist überall und intensiv in wunderbar beseligenden, geistgeschwängerten Geschwadern.

5.8

Gewählt ist gewählt und wird doch immer wieder, wie im Schachspiel, hin und her geschoben. Was Ich meine ist die ständige Bewegtheit die Mein Sein und Scheinen ziert im allweltlichen Betrieb. Bin Ich so, so musst du es genauso sein in deinem Forscherdrang und deinen zahllos aufgebrachten Applikationen. Es gibt nicht nur den rechten Winkel, sondern jede weitere Geneigtheit, die geeignet ist, den Fluss auf zögerlicher oder auf rasanter Fahrt zu halten. Ich schaue lächelnd zu und sehe Mich genötigt immer wieder einzugreifen, wo Gefahr besteht, dass etwas schiefgeht in der Auseinandersetzung einzelner mit den zuvielen. Mein Rückhalt zeitigt Klarsicht über jeder Lebensszene und lässt sie sich in Minne und Gelassenheit ergehn.

Barrikaden zu errichten ist das Gelbe nicht vom Ei, denn was gestoppt wird, verschwendet grundlos die geballte Energie, die Ich voll Verve und Zuversicht hinein-gestossen. Elegant ist, sie geschickt, wohlweislich, zielgerichtet und gekonnt in eine neue Richtung, umzulenken, die sich als vielversprechend ausweist im allmächtigen Betrieb. So geht im Grund genommen nichts verloren, was Ich angekurbelt und veranlasst habe. Meine Bälge blasen unerhörte Feuerflammen an, die grandioses und bewundernswertes zu bewirken haben. Sind die Lebensdinge noch so festgefahren, durch das Feuer der Begeisterung erlöse Ich sie von der Starrheit ihrer prächtigen Statur.

Spekulationen über Meine Absicht mag es viele geben, doch sie bewegen Mich auf keinen Fall dazu, das Geheimnisvolle preiszugeben, das in Meinem Handeln und Gebieten liegt. Jedoch ist es Meinem eminenten Können zu verdanken, dass noch alles was Ich unter-nehme, von bedeutendem Erfolg gekrönt und beifall-trächtig ist in seinem Existieren. So ist Mein Gehabe schlichtweg wunderbar und zeitigt Früchte voller Saft und Süsse, Wohlgefälligkeit und Auserlesenheit in allen ihren Qualitäten. Meine Meisterschaft im Sein und Sinnen ist in allem, was da *ist*, zu spüren und Meine hoch strategische Devise lautet: göttliches Betragen ist noch immer einzigartig, seinsbeglückend, spielerisch und wunderschön.

5.9

Ein Treppenwanderer Bin Ich in Seinsequenzen, die beständig und inständig höhwärts führen. Mein faszinierendes Gedicht gibt vor, was künftig zu geschehen hat, im ausgefächerten und kunstvoll ziselierten Weltgetriebe. Meine Kundschaft ist dem bestens angeglichen, was Ich in grandiosen Zügen und Bezügen offeriere. Gesellst du dich zu Mir, bist du geschwind und ohne die geringsten Schäden und Blamagen in Mein Höherwertiges hinaufgehoben. Du darfst dich in der Sonne Gottes räkeln und von ihrem Strahlenguss das Liebenswerteste und Wohlbekömmlichste empfangen, das da *ist*, in Meinem Sein und Meiner unerhörten Wendigkeit im Pläneschmieden.

Wie sehr du dich bemühst das Beste und Gediegenste hervorzubringen, ohne Mich und Meinen Beistand, wirst du immer dich als Stümper und Statist erweisen in dem sagenhaften Welttheater, das Ich seit Äonen inszeniere. Erst durch Meine Sachlichkeit und Intervention, Seinsgediegenheit und Klugheit wird das Leben wahrhaft lebenswert und morgenschön. Ich verzeichne zahllos aufgemachte Musterungen, die den Handel wie den Wandel ungemein befruchten und in sagenhafte Höhen treiben. Was da abläuft, ist ein nie verebbendes und auserlesnes Götterspiel, an dem Ich Meine hocherhabne Freude wie auch Meinen Sinnkreis finde. Das Gewinde Meiner Siegestaten darf sich wahrlich sehen lassen in dem kosmologisch dargestellten Sterngehänge und-Gedränge aberweit von hier. Rastlos Bin Ich am Kreieren neuer Wirklichkeiten, die vom Geistgebiet geprägt und in das Irdische entlassen sind, um dort zu prosperieren und unter Meinem Schwung und Meinen Schwingen ihr bewundernswertes Heil und Heiligtum zu finden.

Meine Ahnung täuscht Mich nie, dass alles, was Ich unternehme und schon unternommen habe, im Unendlichen gebührend Anklang findet über geisterfüllte Generationen hin. Meiner Wesensstärke ist es zu verdanken, dass bei Mir beginnen auch gewinnen heisst in unnachahmlicher Grandezza und Gewissenhaftigkeit, Verspieltheit und notorischer Gelassenheit im Wohlgefühl des Seins und seinen immanenten, wundertätigen und vielgeliebten Götterqualitäten.

5.10

Ihr seid alle unterwegs, das Leben wie denTod in einem feierlichen Akt zu akzeptieren und ihnen damit Menschen- wie auch Gotteswürde zu verleihen. Noch habt ihr Mühe zu begreifen, dass ihr seid dieselbe lebensträchtige Gesittung und Substanz, in einer Einheit ohnegleichen. Ich sage dir dazu: du Bist und bist dazu berufen Meiner Göttlichkeit Gefährte und Idol, Grundwert und Verbindlichkeit zu sein in götterlichten und gottselig aufgemachten Variationen.

Ich rücke vor als Geist von Meinem Geiste in den Wesen Meiner schöpferischen Fantasie und Tatkraft, nicht von hier und dennoch seinslebendig, unentbehrlich und aufs Äusserste gediegen. Die Zeit und damit auch das Zeitliche sind dazu angetan dich unentwegt zu motivieren in Bezug auf deines Lebens Takt und Tücken, um sie zu einer Meisterschaft von Meinem Stil und Drang zu stilisieren.

Aus tiefen Gründen nimmst du alles auf und bringst es dar um Mich zu imitieren und Mir schliesslich gleich zu sein in der Erkenntnis der Allgegenwart, deren Ich Mich unaufhörlich rühme. Was nicht ist, kann füglich werden, sei dein Wahrspruch wie dein Selbstbefehl von Tag zu Tagen deiner Seinspräsenz im Grünen wie im lichtverströmenden Azur. Skepsis ist da nicht von Mir empfohlen, weil Ich längstens den Beweis für Meine Tüchtigkeit und Aberwilligkeit, Gewandtheit, Genialität und Liebenswürdigkeit erbracht und in das Weltall eingemittet habe. Mein Befinden soll dir eine Weisung sein für auserlesene Manieren wie für die Gründlichkeit mit der du allem vorstehst, was Ich dir zum Pfand gegeben.

Gutwillig, wie Ich Bin, muss Ich im Gegenzug Grossmütigkeit und Güte, Mustergültigkeit. und Lebensmut von dir verlangen, damit du Meiner würdig bist, sowie Ich komme, um dich zu Mir heimzuholen. Das wird dann ein Fest der wahren Stärke des Gemüts, dich im Andersartigen präsent und akzeptiert zu fühlen. Dein Gewissen steigert sich zum Sein in wachsender Glückseligkeit wie in der Minne Gottes, deren Teil du Bist und Wahrheit hoch erhaben.

5.11

"Geheiliget werde dein Name" heisst: du sollst dich selber heilig halten, weil du Meinen Namen in dir trägst seit Anbeginn und schon für alle Weltenzeiten. Ich liebe es Mich zu verwandeln in unzählige Gestalten und Geschehnisse in ihnen. Das macht Radau und Röhren, Hurragebrüll und schlichte Dankbarkeit dafür, dass du noch einmal heil davongekommen bist in deinem aggressiv gespreizten Seinsgefieder. Hättest du nur Meine Warnung früher wahrgenommen und beachtet, vieles wäre nicht so schief und skandalös herausgekommen in der Folge deiner kurzgesichtigen Manipulationen.

Deine Wege sind zwar seit Beginn das Idealbild und die Richtigkeit der Meinen. Du aber weichst und schleichst von ihnen ab, so oft es dir gefällt und wie du glaubst, in deiner Eigensinnigkeit im vollen Recht zu stehn. Natürlich läuft das so, dass dir der Dreh misslingt und du dich selber stilisierst zum Prügelknaben. Ich aber lasse dich nur deinen eignen Unsinn spüren, um dir auf den

gottgefälligen und von Erfolg gekrönten Weg zurück-
zuhelfen.

Schwebst du auf Wolke sieben, lasse Ich dich einem
Regenschauer gleich zu Boden fallen, wo du Schlag auf
Schlag von deiner Träumerei erwachst und immer
wacher wirst davon. Das ist dann deine gute Stunde, in
der du dich auf das besinnst, was wirklich relevant ist und
was dich heilt vor vielen weiteren Gefahren. In Meiner
Geistesküche wird auch nur mit Wasser und einwenig
Salz gekocht, in deiner aber wird noch viel zu oft die
Suppe arg versalzen, weil du dich nicht auf das besinnst,
was du gerade tust, in deinen Eifer, zwei und mehr
Gefälligkeiten miteinander zu verknüpfen.

Was immer Ich ins Leben laufen lasse ist vom Nimbus
der unendlichen Geselligkeit geprägt, durch die Ich Mich
als Gentleman vom Rang der Gottheit und Gottseligkeit,
die Ich Mir Bin, erweise. Meinem Überall ist es zu
danken, dass Ich Mich von allen, die Mich wahrhaft
suchen, noch so gerne finden lasse in der Alleinigkeit, die
Ich mit solcher Vehemenz und solchem Liebreiz
propagiere. Das Herzliche und Sich-Verströmende ist bei
Mir Legion und betrifft zuallererst die Seinsverständigen
und Allbewussten von sich selbst in Mir.

5.12

Die Begeisterung am Sein und Leben führt Mich dazu,
alles was geschieht auf Meine Weise aufzuzeichnen, um
es den kommenden Geschlechtern zur Belehrung und
Erbauung zu erhalten. Ohne dass du weisst, wie du einst
warst, kann die Entwicklung deiner Fähigkeiten und
Verdienste nicht vonstatten gehn. Ich präge in dein
Unbewusstes was Mir von deinem Wesen hell bewusst
ist, damit es dich durchs Leben leite, wie von Zauberhand
geführt.

Willst du nicht auf dein Gewissen hören, tragen dich die Leidenschaften wie ein reisserischer Strom da- und dorthin wie sie`s eben wollen und wie es dir schlussendlich zum Verderben und zur Pein gereicht in deinem Seelenkabinett und Kuriositätenladen.

Der Kernpunkt Meiner Tätigkeiten war schon immer das Bemühen um dein Heil, wie es Mir vorschwebt und als Ideal in Meinem Seinsgewissen figuriert seit Ewigkeiten. Deine Züge werden glatter und geschmeidiger im Takt der aufmerksamen Wachheit, die du deinen wie auch Meinen Infiltrationen und Erläuterungen Zug um Zug gewährst. Du selber wirst geläutert für den Gang in Meine Tiefen, die vom einen Ende bis zum anderen des Universums reichen. Gehen heisst bei Mir: das Seinsbewusstsein weiten bis zum gehtnichtmehr und bis zur offensichtlichen Erleuchtung durch Mein grandioses und gewissenhaftes Seinssystem. Das geschieht, wie du leicht einzusehn befähigt bist, in geisteswissenschaftlicher Manier, die von sich weiss, was viele andere nicht wissen und was dir beibringt, wie man vor sich selbst bedeutend wird und gottergeben.

Ich bringe dich dazu, dein Zelt in nächster Nähe zu dem Meinen aufzuschlagen, um von dem zu profitieren was Ich längst geworden bin und das zu akquirieren, was dir dringend nottut für dein Menschentum und Göttersein in Mir. Du warst in deinem Eigensinn verloren und nun findest du dich wieder in der Sonnenklarheit Meiner glückbereitenden und liebevollen Geistigkeit von Meinem Gusto wie von deiner Sehnsucht nach unendlichem Relieve. Was Ich Bin zieht dich mit Zauberkraft und Zuversicht hinan in die elysischen Gefilde der Unsterblichkeit wie des Dich-selbst-im-Ewigen-Bewahren.

5.13

Das Pilotprojekt von Meinen Gnaden schaufelt sich voran und reift und reift. Ich lege Wert darauf, in aller Form und Fabelhaftigkeit Mein Motto zu verkünden, das da heisst: Ich staune ohne Unterlass in dir Mich selber an und weide Mich an dem, was Ich bis dato ausgeheckt und angekurbelt, wohlgestaltet und in Gang gehalten habe. Was Mir immer einfiel suchte Ich mit auserlesenem Geschmack und kapitaler Sinnkraft in die Wirklichkeit zu stossen. Das Paradoxe ist dabei, dass Ich in Meiner Geistesfülle das Urwirkliche und Numinose Bin, derweil alles, was Ich tatenfroh erschaffen habe, von Meiner Warte aus gesehn, nicht wirklich *ist*, sondern nur ein Trugbild seiner selbst im Universengaukelspiel.

Bist du einmal hinter diesen Fact gekommen, kann dich in deinem Milieu und Zirkus nichts mehr aus der Fassung bringen. Du weisst, dass du in Mir aufs Beste aufgehoben bist als in der Urgehörigkeit die allem innewohnt und die in seinem Drive und Wohlverstand von keinem noch so cleveren Gebieter überboten werden kann.

So ist Mein Reich so gut wie deines nicht von dieser Welt, sondern von der geistesgegenwärtigen, die hinter allem seine Wunderkreise zieht. An diese Meine unsichtbare Gegenwart reicht dein Verständchen nimmermehr heran und so steht es dir wohl und wohlig an, auf andere Weise, nämlich die der Seinserkenntnis, Meinem Wirkkreis, Wohlgefallen und gottseligen Bedeuten auf die Spur zu kommen. Ich habe es dir vorgeführt, was Leben ist und Sterblichkeit und Transzendenz nach Meinem Gusto und Begreifen. Dies alles muss nun auch mit dir geschehn, entsprechend Meinem Ideal von Fortschritt, Evolution und mustergültigem Benehmen.

Wenn du's nur wüsstest, dass das Paradies vor deinem Näschen, wie vor deiner Haustür, freilich ausgebreitet liegt, derweil du nur den Sinn zu ändern brauchst, um dich in ihm voll Herzensfreude und Gelassenheit, Gutmütigkeit und Willensstärke zu ergehn. Dein Sein und Trachten wird dann das der Universenweit-Gewordnen sein in Meinem Geiste, Meiner Glorie und Meinem immanenten Glücksgefühl.

5.14

Ich sehe wieder deine Geistesbarschaft vehement vom Soll ins Haben schiessen. Die Tür zum Paradiese ist für dich nur angelehnt, du kannst sie öffnen, wann immer es dir einfällt dich ins Seinsbewusstsein zu erheben. Alle Wände zwischen dir und Mir sind dann verschwunden, deines Wesens Geistigkeit wird offenbar und göttliche Gelassenheit erscheint auf deinen Zügen.

Ich Bin dafür, dass alle Menschenwesen sich aus ihrer schicksalsträchtigen Verschlungenheit befreien und damit die Bewegung hin zu Mir bewirken, krisensicher, dominant und wunderbar. Dann wird die Devise lauten: bewusste Gottergebenheit zuerst und dann das Kapital, Manierlichkeit Mir gegenüber und danach die Beschäftigung mit den geliebten Weltendingen.

Du darfst ganz ruhig akzeptieren, dass Ich es besser weiss als du in deiner wissenschaftlichen Manie, die Dinge nur von aussen zu erforschen. Es gilt, das Innere, Unendliche nach aussen zu verlegen, um so den Überblick und das Bewusstsein deiner Gotteswürde zu erreichen. Das Sein an sich ist überall zu finden, vornehmlich auch in dir, dem munteren Gesellen Meiner Seinswahrhaftigkeit und Liebesmelodie. Noch ist längst nicht alles abgesungen, was in der Luft der Universenweiten liebevoll fibriert. Ich trage dir was vor und du kannst es in abervielen Variationen deinem Gusto nach ins Wundervolle stilisieren. In diesem Sinne gibt es für dich alle Hände voll zu tun, sowie dich Meine Kunst zu sein in schöpferischer Allegrie befeuert und damit deinem Dasein Sinn und Sagenhaftigkeit verleiht. Am Ende siegt Mein Wille zum Gestalten reiner Schönheit in den Hallen Meiner kosmischen Befindlichkeit, sowie der deinen. Und hast du dich nur einmal in den Zustand reinen Seins erhoben, wirst du es aus purer Leidenschaft gewiss noch vielmal tun, bis es dir zum immerwährenden Besitz geworden. Dann Bist du in Mir gesichert aufgehoben im Gewissen, dass du Bist und dass dein Wesen sich als Meins erwiesen hat in unendlich würdiger und lebenstüchtiger, gottseliger und überragender Manier. So wird dein Schicksal, wie es einst begann, in Mir beschlossen und besiegelt, ausgezeichnet und zur immerwährenden Glückseligkeit getrieben.

5.15

„Wie du mir, so ich dir", ist chancenlos in Meinem herzensguten Milieu. Da gilt es nur die Liebe zu verströmen, die Ich zu den von Mir geschaffenen seit jeher hege Das Sein an sich ist nicht befehlerich, doch konsequent, plausibel, liebevoll und diplomatisch in der Fülle seiner Dispositionen.

In profunder Kenntnis Meiner selbst verwalte und erhalte Ich Mein köstlich Erbe zeitenfroh, markant, mysteriös und morgenländlich unter Spannung und erlösendem Relieve. So etwas gängiges, gutmütiges, verzeihliches und unparteiisches macht Mir niemand nach und zwar schon seit unfasslichen Dekaden. Ich drücke aus, was Mich bewegt, in partnerschaftlichen und brüderlichen Demonstrationen. Nur du erlaubst dir, Mich zumeist zu ignorieren und verfällst dabei in einen Taumel von Begehrlichkeit, Unwissenheit und Schalheit ohnegleichen. Derweil du dich verrenkst Bin Ich aufs Innigste bestrebt alles wieder gutzumachen, um es gängig und agil zu hinterlassen, nachdem Ich wohlgemut an ihm vorüberging.

Meiner geistigen und unsichtbaren Überlegenheit ist es schlussendlich zu verdanken, dass sich die Weltendinge nicht in überbordenden und penetranten Drängeleien und Querelen selbst zerstören. Ich setze Meinen weisen Einfluss ein, um der Gerechtigkeit, des Adels und der Würde deines Menschseins willen, das in Mir und Meiner Hochgesinntheit seine Andacht und Vollendung findet.

Letzte Klarheit ist gewiss nur in dem Allsinn zu erzielen, dem sich jeder weihen kann in seiner dezidierten Absicht, mehr von sich und seinem immanenten Seinsbedeuten zu erfahren. Was Ich mit Inbrunst und Besorgnis propagiere ist der Wunsch nach Öffnung deines Seinsgewissens Meinem zu in der Erkenntnis, dass du *Bist* und niemals wirst ins Nichtige zerfallen. Von Meinem Zauberstab der Bodenständigkeit und Geisteswirklichkeit berührt blüht alles in dir auf, dem wahrhaftigen Menschentum und Siebenmeilenschreiten Mir und Meiner Gottespatenschaft entgegen. Besser kannst du es nicht haben, als in Meiner götterlichten und zutiefst beglückenden Domäne der Gottseligkeit und überragenden Gestilltheit alleweil in Mir.

5.16

Meine Dominanz erklärt sich aus sich selbst im überragenden Bewusst-Sein das Ich Mir zugute halte. Mein Wesen ist des Alls Verbindlichkeit und Kuriosität, Unergründlichkeit und Lässigkeit im Paradieren. Ich Bin und Bin zugleich die Folge von begehrenswerten Folgerichtigkeiten, die Meinem Dasein Glanz und Güte, Vielgestaltigkeit und Makellosigkeit verleihen.

Ich erkenne Mich als Eines im Gemenge ungezählter Galaxien, denen die Gesetze Meiner Kunst und Gunst zu sein in reiner Fülle innewohnen. Stabil und zugleich stets veränderlich sind Meine Züge in des Weltalls zauberhafter Aufgeschlossenheit und wohlbewahrtem Seins-genügen. Ich rechne Mich zu nichts, derweil Ich alles Bin in Meinem unbedingten Über-Mich-Verfügen.

Sonnenklarheit herrscht, wo Ich Mein Sein und Sinnen ungehemmt entfalte. Unschätzbar ist Mein Vermögen, Quantität wie Qualität in alles überragender Manier in Meinem Hiersein zu vereinen. Daraus resultieren Kraft von Kraft und Richtungweisendes Gebaren ohne jeden Fehltritt oder manches Unverständnis im Parieren. Meine Griffe sind sich bis ins Letzte einig im wohin, wie hoch und wie geschäftig, derweil Ich für Mich selber in der absoluten Ruh verharre. Sie ist Mein Ein und Alles im verehrten Sein, in dem Ich Mich in aller Form und Fabelhaftigkeit erlebe.

Sternstaub flirrt durch Mein unendliches Gepräge und Sternstaub Bin Ich wiederum im Einzelnen, das Meiner Huldigung und Wohlgesonnenheit bedarf in Zyklen und Verfügungen zu seinen Gunsten und Gewissenhaftig-keiten. Von ganz oben bis ins Unteilbare sende Ich Mein liebevolles Mich-Verstrahlen, um es Meinem Ideal und Wunsch gemäss konform zu halten. Mein Über-Mich-Verfügen, lässt sich doppelt sinnig an, je mehr Ich Meiner Selbsterkenntnis und Begründung unbedingt genüge. Dass er Ist, kann jeder von sich sagen und damit sein Glück begründen, allweit ausgeströmt in Mir.

5.17

Ich verwandle, deiner Eigenart gemäss, dein Wesen langsam aber sicher in das Meine, um es schliesslich in das unteilbare Weltensein zu überführen. Meinen Dispo-sitionen wohnt die Prägung inne von Vertrautheit mit den sich selbst gestaltenden Gesetzen, die von niemand übergangen oder ausgehebelt werden können. Meine Absicht ist, die Morgenröte deiner Welt geruhsam und gekonnt, spielerisch, mutwillig und bejahend in den hellen, heilen Göttertag zu führen. Aus Meiner Sicht gesehn kannst du dich völlig unbedenklich und entschieden an Mich halten, umso bestimmter, weil ausser Mir und Meinem Weltensein nichts existiert, was Haltung oder Hilfe, Zuversicht, Geborgenheit und Güte generieren kann.

Ich denke, so wie du an vieles, was das Weltsein fördern und befrieden könnte. Deine Pflicht jedoch besteht darin, dass du in deinem Umkreis Herzlichkeit, Gutmütigkeit und Willensstärke, Heiterkeit und Menschlichkeit verbreitest in der wohlbedachten Tat. Vieles kann Ich nur durch dich erreichen; das sei dir bewusst und das soll deine Ansicht von dir selber wie auch von der Universenwelt radikal verändern.

Zwar ist das, was du zu tun hast, in dein Herz und Schicksal eingeschrieben, aber ob du`s tust ist deine Sache und sie kann zum Glück genauso wie zum Unheil führen. Kannst du es ermessen, dass ein Gott an deinem Sein und Sinnen leiden kann? Genauso ist es, und das führt ihn dazu, dass er dich, wie sich, erlösen will von den Unbekömmlichkeiten in die du dich verloren. Seiner Hilfe kannst du sicher sein genau aus diesem Grunde wie auch aus dem Geist der Liebe, den Ich allem Leben angedeihen lassen will. Was Mir bestimmt ist, ist auch dir ins Taufbuch eingeschrieben. Was dich weiterführt ist auch Mein Drang zur Evolution, die Ich dem Universensein seit eh und je beschere. Die Teile sind das Ganze, das Ich Bin und sie bestimmen Meinen Zustand als der Seinsgewaltige und Liebende, Bewahrende und Heiligmachende per se für alle Wesen, die Mir freudig dienen.

5.18

.Qualifizieren kann nur der sein Handeln, der in Mir sein Vorbild, seinen Meister und sein Gegenstück gefunden hat im trauten Miteinander-um-die-Wette-Reisen. Feinmaschig ist das Netz, mit dem Ich Meine Silberfischchen fange, um sie, zierlich vor Mir aufgereiht, über ihr Verhalten zu belehren. Das geschieht natürlich auch mit dir vom Abend bis zum Frührot, wenn du schlummerst, einem unstillbaren Drang ergeben. Ewig wachend weiss Ich schon, weshalb Ich dich ins Bettchen lege, um dir aus Meinen Seinsgewölben neue Kräfte zuzuführen und um deinem Mir ergebenen Gewissen Klarsicht zuzuraunen über dein manierlich oder miserables Tun.

Du geruhst, dich wie ein Solitair und kunstvoll hin und her frisierter Pudel zu benehmen. Meine Absicht aber ist es, dich behutsam und gekonnt in die Gemeinschaft der mit Meinem Sein Begabten einzuführen, damit in Mir die wahre Menschlichkeit zum Zuge kommt in Myriaden Variationen.

Offenbar ist Meines Seins Gefieder deinem noch gewaltig überlegen, wobei es sich nur um den Grad der Selbsterkenntnis dreht, den sich die handelnden Gemüter im Äonenlauf errungen haben. Ich dominiere aus Erfahrung, genialem Selbstgefühl und wissentlichem Überwiegen in des Seins Begriff und Rarität, Mündigkeit und silberglänzendem Mir-selbst-Genügen. Mein Muster ist das allgemeine Über-Meine-Kunst-Verfügen kosmisch und kulant zu disponieren und Mir Räume zu erschaffen von unendlich sich vergrössernder Struktur. Das Wesentliche an Mir ist die Seinspräsenz an jeder Stelle wo Ich schaffend Bin, das heisst, gerade auch in dir, indem Ich dich befruchte und befeure, um bedeutendes, begeisterndes und faszinierendes wie Funkensprühn aus dir herauszuschlagen. Allüberall kann Ich Mich als die Mitte in des Universums Gegenständlichkeit erfahren. Das stärkt gerade dort, wo Ich Mich in Mir selber finde, Mein Selbstbewusstsein in erheblicher Manier und führt es zur bewussten Sagenhaftigkeit im Zukunftspläne-Schmieden. Damit ist viel, doch längst nicht alles, abgeklärt und deinem seligen Begreifen und Bewundern preisgegeben.

5.19

Ich addiere Meine Werte dauerhaft indem Ich die Substanz in ihres Seins Gefüge festige und ihren Kurs damit in sagenhafte Höhen treibe. Was Ich dir von Mir verschenke ist vor jedem Absturz und vor jeder Minderung gefeit, weil ihm der Nimbus der Unsterblichkeit und Unverletzlichkeit, Beständigkeit und Unversehrtheit innewohnt, an dem die Augen der Versierten freudestrahlend hangen. Mein Sein für sich allein ist schon Legende, aber was es für die Universenwelt bedeutet kann nur Ich ermessen, der Ich Bin und als deren Schöpfer Ich Mich stolz und liebestrahlend präsentiere.

Ich habe stets gewinnend und entscheidend acht darauf, dass Ich den Faden der Geselligkeit mit allem, was da *ist*, niemals verliere. Es erscheint Mir wie ein Wunder, dass es möglich ist so viel Verschiedenheit ununterbrochen unter einem Hut und Seinskapitel zu vereinen. Sogar ist zu erwähnen, dass nicht im Geringsten auf Mir lastet, was Ich schuf, weil es sich in absoluter Schwerelosigkeit durchs All bewegt und durch die hellbewussten Träume, die Ich ihm zugute halte. Somit ist es Mir gestattet und gegeben alles Seiende in immer weitere und wunderbarere Beständnisse zu treiben, die Ich wie nichts goutiere und zugleich um ihren Fortbestand besorgt Bin, als die Mutter aller Wesen und wahrhaften Seinslebendigkeiten.

Mein Gehabe hat zugleich Erfolg und Stil und kann nie genug gelobt und nachgeahmt, verglichen und verteidigt werden. Was ihm innewohnt, besticht durch seine Eleganz und Eloquenz, sein Tun und Lassen wie sein überwältigendes Brauchtum in Bezug auf immerwährende Gedankenschärfe, geniales Plansoll und Genie.

An Meinen Fäden hängt das Weltbewegen, wenn es auch im Einzelnen die eigenen bewegt. Konfrontationen sind in Meiner Eigenart und Fülle nicht vorhanden, weil sich das Aberrierende in eigener Regie zunichte macht, oder sich auf das besinnt, was Ich ihm als gerecht, erstrebenswert und sinnvoll vor die ewigen Augen halte. Wer Mein Sein begreift, hat keine weitern Griffe mehr zu tun. Er ruht in des Begreifens Einfalt und Verlässlichkeit und darf sich in der Seinsbeglückung überselig wiegen.

6

Biegsam, schmiegsam und besonnen

6.1

Ich pariere jeden Schlag mit entgegenkommender Gebärde, was da heisst: Ich verzeihe schon im voraus, was der unbeherrschte Gegner willentlich an Mir verübt. Sang- und klanglos muss er sich verziehn, ohne seinen Zweck erfüllt und ausgeführt zu haben. Biegsam, schmiegsam und besonnen ist Mein Kräftearsenal, und was Mich binden kann ist nur Mir selbst beschieden.

„Über allen Gipfeln ist Ruh", ist Meines Seins Devise die Mir hilft Mich über alles schroffende und trotzende mit elegantem Schwung hinwegzustemmen. Mit Mir selbst im Reinen kann Ich auch nur Unberührtheit, Generosität und liebevolles Mitgefühl verströmen. Wem die Stunde schlägt, wird sich auf das besinnen, was ihm frommt in seiner Andacht und Gewissenhaftigkeit, Edelmüdigkeit und Zierde vor dem Herrn der Welten, der Ich lauschend und bejahend Bin in geistgesegneten Dimensionen.

Erklärst du dich als unreif und verschmitzt vor Meinen Füssen, kann Ich dir versichern, dass Meines Lichtes Strahlen deines Reifens gotteswürdigen Prozess aufs Tunlichste beschleunigt und vertieft, bis du, als gereift befunden, vom Baum der Weisheit fällst geradewegs in Meinen Schoss.

Das ist dann der Anbeginn der Zeit, in der du alles, was da *ist*, als in dir seiend, webend und gedeihend liebevoll erkennst und ihm dein Mitgefühl und deine besten Freundesgaben zuträgst, die in deinem Seinsvermögen liegen. Ich wette, dass du's schaffst in Meinem Sinn und Geist als gottseliger Gespan in deiner Welt zu wirken, die doch alleweil die Meine ist im grossen Einen, das Ich als des Allseins Medium und Fülle dominiere. Mir allein ist es gegeben, universenweit zu handeln und in Schöpferweisheit zu bestehn. Dennoch Bist gerade du Mir eine Stütze von bewundernswerter Tragkraft, Solidarität und

Virtuosität im Denken und Empfinden, Meinen götterlichten Idealen zu. Was Ich Bin ist alleweil auch dir
beschieden, was du Bist ist in der Fülle aller Zeiten zur
Glückseligkeit berufen.

6.2

Entzückende Zeiten kommen auf dich zu, wenn du
bedenkst wie viel an wohlgefälligen und aussichtsreichen
Modulationen deines Lebens du schon herbeigewünscht
und mit dem Zauberstab herbeigerufen hast. Dein Wille
geschieht so oft es dir gelingt, dich Meinem vollends
hinzugeben und damit seine partnerschaftlichen Vor-
züglichkeiten innig zu geniessen. Was auffällt ist die
Leichtigkeit, mit der du operierst als Gast und mit dem
Goodwill Meines operierens. Nach langen Kämpfen,
Spiegelfechterreien und verzweifelten Versuchen seriös
zu sein, ist dein Dasein unter Meiner freudespendenden
Regie eine wahre Wohltat und beglückende Bravour.

Nichts kann dich mehr mit noch so vielen Sticheleien aus
der Fassung bringen, weil du, wie die träge Barke fest
verankert und vertäut in Meinem Hafen der Gottseligkeit
und Menschenwürde dümpelst. An Mir hängt alles, was
man Güte, paradiesische Gerechtigkeit und Labsal des
Gewissens nennen kann. Ich unterweise ohne viele
Worte, denn Ich zeige vor wie es gemacht wird im
geringen wie im grandiosem Aufwall der Gegebenheiten.

Meine Stärke liegt im geistigen Potenzial, das Ich mit
Glanz und Glorie zum Aufblühn und zum seinsbewussten Sich-Vollenden bringe. Ohne Mich kann
nichts erhebliches geschehn und ohne Meinen Einfluss
stehen deine Mühlen ächzend still und liegen brach im
wunderbarsten Sonnenscheinen. So nimm denn deine
Liege auf die Schultern und geh vor Meinem Richtstrahl
wie vor Meiner himmlischen Gewähr geradeaus, dem
unbedingten Freudenziel entgegen.

Was Ich Mir wie dir erschaffen habe trägt den Stempel des unsterblichen Begütens und Behütens um sich eingeschrieben. Das hat zur Folge, dass dein resolutes Handeln und Dich-in-ein-Vorbild-der-Gottseligkeit-Verwandeln wirklich wird in seinsgewissen Zügen. Was Ich bestimme stimmt für alle Weltenbürger ebenso, und was Meine Geste ist bewegt die Herzlichkeit der irdisch wie der geistig aufgereihten Wesen Meiner Zunft und Züchtigkeit im Hauptverlesen. Meine Wirkung ist die Wirklichkeit, die Ich dem Universensein in jeder Hinsicht angedeihen lasse und Mein Ziel ist es in jeden Lebensraum Natürlichkeit und Harmonie, Geistbewusstheit und Glückseligkeit hinein zu zelebrieren.

6.3

Das Panoptikum vor Meinen Seelenaugen präsentiert sich als ein sternenblinkendes im All versinkendes Gewoge von genialen Kräften als die Seinsstruktur, die Ich genauestens beschreibe. Als das Sein an sich gehöre Ich Mir selber an und verleihe Meinem Universensein die Dominanz, aus der das Geisteslicht hervorgeht, wie die Myriaden seinsbedingten, zauberhaften und bezaubernden Kreationen. Sie *sind* was Ich Mir Bin in ihnen und sind dazu berufen, ihrem Schicksal und Genie gemäss zu wachsen, bis ihr Geisteshorizont sich mit dem Meinen deckt in glückselig wissender Tinktur.

Wer ist der Bug zuvörderst am bewundernswerten Weltgeschehn? Du und Ich, Ich und du in unveräusserlicher Sitte und Gewähr für Hocherhabenheiten, die für den wahren Fortschritt wie die Evolution der universenweiten Gastlichkeit und Wesensdichte in der absoluten Einheit stehn.

Ich besorge wofür in der Welt zu sorgen ist und verströme mit Entschiedenheit, Wohlwollen und profundem Sinn für Seinsgerechtigkeit Mein schöpferkräftiges

Gebaren. Ich unterliege keinem anderen Befehl als Meinem Selbstgefühl, das allen reine Güte und Gelassenheit, Vernunft und Virtuosität im Seinserkennen zuteilt in vollendeter Manier. Meine Dienstbarkeiten ziehen sich so lang wie breit, so hoch wie niedrig über Raumesweiten, die vom punktuellen Hier ins Unermessne fluten. Mein Trend und Drang ist es, Mich sowohl ins myriadenfach Vereinzelte, wie auch in das beseligende eine Ichgefühl zu stossen, das Ich Mir Bin in allen Daseinsbastionen. Das ist der Glanz in Meinen Zügen und die glänzende Verwirklichung, die Ich Mir von allem Anfang an geleistet habe. Mein Sein ist Göttersinn und Menschlichkeit in einem und bewährt sich auf die Dauer als das unverwüstliche und liebevolle, geistversprühende und siegessichere Idol von allem, was da *ist* und seiner Art gemäss das Glück verkündet und verkünden wird zu sein und sich im punktuellen wie im universenräumlichen aufs Innigste und Heiterste im Gottesreich und Reichtum zu erleben.

6.4

Wunderbar sind deine Wege, spricht der Herr, wenn Ich dich führe. Wie Tau vom Himmel strömt die Seinsgerechtigkeit in deine Seele und lässt sie ahnen, was ihr frommt, in heiteren, wie ernst gefassten Tagen. Ich vermeide es, dich aufzuregen, doch Ich rege dich beständig an zu wohlgesetzten, gütevollen Taten. Meine Worte sollen dir wie lieblicher Gesang in beide Ohren klingen und dir das reizende Gefühl verleihen, dass Mir dein Wohl wie nichts am Herzen liegt und Mich dazu bewegt für alle Zeit bei dir und deiner Sehnsucht nach Gottseligkeit zu weilen.

Mir kommt das Recht entgegen, Richter über deine Taten und Befindnisse zu sein, um dir nach ihrem Wohlgehalt und ihrer Ungebürlichkeit den Marsch zu blasen. Seinssubtil sind Meine Weisungen an deinem Herzenshofe und sind dazu berufen dir wahre Menschlichkeit wie Übersinnlichkeit im besten Sinne beizubringen.

So ist alles, was Ich für dich Bin, ein wahrer Segen über deinem Haupte wie ein wohlgestaltetes Brevier in dem dein Seelensein wie deine Seinsbewusstheit voller Andacht lesen können. Meine Winde machen deines Lebens Ausfahrt angenehm und mogenschön. Du brauchst sie nur in deinem Innersten neugierig und gelehrig aufzuspüren. Vor allem trage Ich dir Meine Weisheit regelrecht und liebevoll voran, wo es darum geht, dich selber wissender und weiser, wohlgemuter und vertrauensvoller sein zu lassen. Das Kolloquium, das Ich beständig und inständig mit der Mitte deines Wesens halte, trägt wesentlich zu deiner Bildung bei, die dich zu überschauender Bewusstheit und Rendite führt im Dich-selber-um-ein-merkliches-zu-überragen. Du bist Mir stets als Seinsgefährte wie -gefährtin hoch willkommen, weil Mein Weltenwerk nur dank deiner Hilfe anstandslos gedeihen und gelingen kann. Die Grösse deiner Schritte muss der Meinen immer besser angepasst und angeglichen werden mit dem Blick auf das Gedanken- wie das Lebensspiel, das wir selbander machtvoll und gediegen, sinngemäss und selbstbewusst betreiben. Was immer in dir an Bedeutung und Gelassenheit gewinnt sind jene Meiner Ideale, die in deinem Sein und Sinnen Fuss und Festigkeit erreichen sollen. Damit ist die Gründlichkeit gelegt für wohlgemutes reüssieren und glückseliges moussieren im vielbegehrten Gottesreich, in das Ich dich voll Verve und Innigkeit entführe.

6.5

Willst du den Disput des Lebens jetzt mit Mir beginnen, so wappne dich und falle tief ins Schweigen vor dem grossen Unbekannten, der dich noch so gern belehren will in grandiosen Weisheitsstössen. Oberflächliches wird hier bewusst vermieden, derweil bemerkenswerter

Tiefsinn angesagt ist in der Flut von richtungweisenden Parolen. Meine Wendungen sind dazu angetan in Räume vorzudringen, die dir vordem völlig unbekannt oder dann nicht recht geheuer waren. Das ändert sich spontan, sowie es dir bewusst wirst, dass du dich bereits in dem befindest, was da *ist*, und was Ich dir als novità von Weltbedeuten präsentieren kann. Bist du in dir, so Bin Ich`s noch viel mehr und lasse dich an einer Weltschau von immenser Vielgestaltigkeit, Vernünftigkeit und blanker Raffinesse regen Anteil nehmen. Es ist des Seins nicht sichtige doch umso wichtigere Geiststruktur, die nur geahnt, per se gewusst und als wirklich wirkend allertiefst erfahren werden kann.

Wovon Ich überzeugt Bin, soll auch dir zu einem felsenfest verankerten Begriff und Fundament für deine variablen und gewissenhaften Aktionen werden. Sind sie auf Mich gemünzt, so kann sie selbst das stärkste terremoto nicht erschüttern oder gar zerstören mit der Elementenwucht, die es gebiert. Mein Gewicht ist übermenschlich und global, doch in deiner Geistesstärke wirst du es mit Nonchalance ertragen, weil Ich ihm in dir Paroli biete, ohne je auch nur um einen Deut zurückzuweichen. Deutlicher kann Ich dir das, was *ist*, kaum mehr vermitteln als mit dem, worauf Ich Meine ganze Hoffnung setze auf der Evolutionenbahn. Bist du dir des Seins bewusst geworden, kann dir nichts mehr schiefgehn in dem steten Drang dich weiter zu bewegen in der schöpferischen Tunlichkeit und Meistertat. Du befreundest dich mit dem, was Ich dir laufend zur Verfügung halte und lässest dich beglückt in Meinen Gärten reiner Zuversichtlichkeit und Wohlbestalltheit nieder. Meinem Gruss und Guss gemäss begrüssest du auch deines Lebensreichs Gefieder und verlangst nicht mehr als was du fähig bist zu leisten und zu lieben, zu bewirken und zu akzeptieren, im glückselig Absoluten.

6.6

Ich hörte dich einst unerhörtes auszusagen und Klage führen. gegen einen Gott der Weisheit und Gerechtigkeit, der Liebe und der Treue seinem Volke gegenüber. Unweis bist nur du mit deiner Selbstbegrenzung auf das Mass des menschlichen Vagantentums und liebelosen Selbstbezugs. Du erinnerst dich nicht mehr an das, was du einst warst in Meiner Geisteskräfte vollem Schoss. Somit liegen Welten zwischen dir und Mir, zwischen deinem erdgebundenen Gemüte und der Seinsgerechtigkeit, die Ich Mir jederzeit zugute halte. Die fehlt die Einsicht in dein wahren Wesens Wohllaut und Manier. Du haderst mit dir selbst, derweil ein göttliches in dir das Tor zum Paradiese offenhält, du brauchst nur in es einzutreten.

Wie aus einem Meer von Unmut und Gewinnsucht, blankem Hohn auf die Natürlichkeit, sowie dem Missvertrauen auf das Göttliche, das Ich dir Bin, benimmst du dich als eine Farce dessen, was *Ich* in deinem Wesen als Mein Ideal erschuf.

Du bemühst dich stets darum, die Welt zu ändern mit cleveren Sentenzen über das was allgemein getan und aufgebessert werden sollte. Doch fang nun endlich bei dir selber an und rühre dich von deiner festgefahrenen Stelle, Mir und Meinem überwältigenden Stellenwert entgegen. Meinem Einfluss sich ergeben heisst, im Geist dem trauten Eigenheim entsagen, um Zuflucht in den himmelweiten Räumen Meiner Seinsgerechtigkeit und Lebensliebe, Allverbundenheit und Menschenfreundlichkeit zu suchen. Nicht als ein Herrschender will Ich vor dein Gemüte treten, sondern als ein Gott der Güte, der in seinem Wohlverstand genau zu schätzen weiss, was dir gebürt, um dich in grandiose Seinsgelassenheit emporzuführen. Du zauderst und Ich ziehe dich mit aller Konsequenz und Kompetenz hinan, wo du geziemend und bewusst die Herzensruhe findest, die du wie nichts ersehnst in deinen spiegelfechterischen Kapriolen.

In Mir belebt sich deines Geistes Tatenlosigkeit und gewinnt bewussten Willen und gediegenes Format in Sachen Seinsbewusstheit und gottseligem Verhalten. Du Bist und sollst dein Ewigkeitsgefühl an Meiner Seite pflegen wie noch nie und damit deinem Wesen und Geschlecht, deinem Denken und Gefühl, wie deiner Hingerissenheit zur Seinsgeburt verhelfen.

6.7

Kann der Himmel für dich stimmen, wenn du ihn nach seinem Sein befragst? Mir ist er seit eh und je genehm, weil *Ich* ihn nach Meiner Sicht und Sauberkeit, Bewusstheit und Methode eingerichtet habe. Für Mich ist alles odela, derweil es für dich zwei Begriffe sind, die für Mich zu einem allumfassenden zusammenfallen. Nun geht es darum, dass du einmütig, einfallsreich und selbstbewusst begreifst, wie die Weltendinge wirklich stehn und wie es Meinem Habitus entspricht, sie in derselben Ordnung stehn zu lassen, wie es sich nach Meinem Sinn gebührt.

Ich Bin Mir vollends im Klaren, was da um Mich und in Mir vorgeht, der Ich Mein Bewusstsein übers ganze Universum ausgebreitet seh. Mein Zeichen ist unendliche Gewissheit von Mir selbst und Meine Seinsallüren sind das selige Beglücktsein über das, was Ich Mir Bin, im Zeitenlosen. Ohne Kommentar lass Ich Äonen vielbewegt an Mir vorüberfluten. Ich habe den Impuls dazu gegeben, doch formieren müssen sich selber nach der Energie, der Weisheit, wie der Weitsicht und Beweglichkeit, die ihnen innewohnt. Das Natürliche versteht es bestens, sich zu korrigieren, wo die Lebensdinge aus dem Ruder und Gesetz gelaufen sind aus Eigensinnigkeit und Kindereien, die noch in vielen Köpfen zirkulieren.

Ich kontrolliere, spende guten Rat, doch greife Ich nicht ein, damit der Freiheitsdrang sich ungehindert und dynamisch überall verbreiten kann, wo wesenhaftes und bewusst gewordenes am Werke ist in Meinem kosmischen Imperium. Geflügelt sind die Worte, die Ich in das Weltenall entlasse, um den offnen Ohren Seinsrelieve und Seligkeit, Sicherheit, Weltenwissen und Gewieftheit zu verschaffen. Das wirkt und führt die quirligen Gemüter mählich zur Besinnung auf sich selbst, wie auf den Auftrag, den sie seit Anbeginn und bis zum glorielosen Ende zu erfüllen haben. Da geziemt es sich für alle, nach dem Mass der göttlichen Begierde zu verfahren und sich ins Geleit von denen zu begeben, die das bereits geschafft und ausgekostet haben, was allen zusteht in der Geisteswissenschaft des reinen Seins, wie der der Einheit über allen myriadenweit verstreuten Wesensgliedern. Kurzatmig Bin Ich nicht, aber bangen Mutes in der Folge der sich überlappenden und sich entfaltenden bewussten Generationen.

Wort von Mir und Meinem seinsbeglückenden Erwarten.

6.8

Das Meiste von dem, was dir wichtig scheint, ist in Meinem Kontext und Gehaben nicht der Rede wert. Bei Mir geht es um den Begriff der Geisteswirklichkeit, in welcher alle Wesen *sind* und dürfen sich in ihrer Allpräsenz und ihrer Glorie, ihrem Charme und ihrer Wachheit bestens aufgehoben wissen. Bist du dafür, dass Ich dich führe, will Ich das auch höchst persönlich tun und dir dabei Gelegenheit verschaffen, ein Genie in Sachen Selbstgefühl und Weitsicht, Wachheit und Entschiedenheit zu werden.

Was dir einmal unverhofft gelang, wird dir immer öfters und gewollter, zuversichtlicher und überragender gelingen nämlich, dass du dich im Sein erfühlst und in ihm dich an das erinnerst, was du einmal warst und was du immer sein wirst im Empfinden deiner kosmischen Bewusstheit und Integrität. Mir machst du weder etwas vor noch nach, derweil Ich tag und nächtig Meinen Sinngehalt in deinem etabliere. Du weisst es nicht und kannst dir doch ein Bild davon vor die erstaunten Augen stellen. Das ist wahrhaftig von Mir eine Gnade, aus liebevoller Hand zu dir gegeben. Manchen Ansatz musste Ich sistieren, der sich im Gebrauch als unerwünscht und unbehaglich, zwiespältig und verschwenderisch erwies. Mein Habitus ist aufs ökonomische gerichtet und auf die exakte Mitte zwischen allzuwenig und zu viel. Grossherzig Bin Ich trotzdem, wenn ein Weh zu lindern ist oder eine Seilschaft abzustürzen droht im Hochgebirg der Geisteswirklichkeit in das sie sich verstiegen.

Ich melde Schlussalarm, sowie sich alle an die Regeln halten, die Ich für nötig fand kunstvoll und glasklar anzuschlagen. Müssig ist es, was von Mir kommt, hin und her zu hinterfragen. Aber tunlich ist es, alles gleich zu akzeptieren und in seinem Rang und Namen anzuwenden, tüchtiger und wohlgefälliger geht`s nicht mehr.

Wo du mit einem Heidenlärm daherkommst, komme Ich in aller Heimlichkeit, Gelassenheit und Sorglichkeit zu dir, um dir das Dasein angenehm und menschenwürdig, fortschrittlich und saluber zu gestalten. Auf Meinen Wortschatz lässt sich alles wie am Schnürchen an und hinterlässt die götterlichten Spuren, wie die Sternenschnuppen sie am nächtigen Gewölbe hinterlassen. Von eins zu eins beginne Ich zu zählen und brauche weiter nicht zu gehn in Meiner Eigenschaft als Allgewaltiger und Liebender in kosmischen, beglückenden und klargesichtigen Relationen.

6.9

Hier triffst du hocherhabenes in rauhen Mengen an, sowie du nur in dir den Mumm erfindest, effektiv zu suchen. Ewig bleibendes wird dir begegnen und dir zum Bewusstsein bringen, dass in Meinem Lande alles, was einmal geschaffen wurde, nimmermehr vergeht. Jedes noch so müssige Gedänkelchen ist ein lebendig Wesen, das sich in sich selbst erhält mit der Tendenz, sich auszuweiten und beständig mehr Bedeutung zu erlangen. Deswegen sieh dich vor, dass du in dir nur treffliches und wohlerwogenes zu Worte kommen lässest. Das fördert dein bemerkenswertes Ansehn überall wo du willst in Erscheinung treten.

Meine Meinung ist gemacht in jeder Hinsicht die das Weltensein betrifft, das sich unter Meiner göttlichen Ägide durch Äonen vor- und himmelwärts bewegt. Was du dazu zu sagen hast, hat allerdings den Drive in sich sich überallhin zu verbreiten, bis ans Ende dieser Welt wie jener in des Seins Unendlichkeiten.

Funkst du dazwischen Bin Ich dir nicht gram, denn es ist Mir hell bewusst, dass Ich Mir selber Bin der funkelnde und fabelhafte, räsonable und verehrungswürdige Patron und Pater über alles, was da *ist* und kreuchend, scheuchend und beharrlich seine Wege überschreitet. Bringst du es fertig, an dein Heil in Mir zu glauben, kannst du dich in eigener Regie als geheilt und wohlbestallt betrachten. Deine Pfade führen dich fortan selbander mit den Meinen steil hinan zu besseren Bedingungen und liebenswerterem Verhalten. So nisten sich unzählige Lebenswelten in derselben einen ein, die Mir zu Diensten ist, wie zum Verhängnis, in universenweitem Stil. So sehr du Bist in Meine Hand gegeben, Bin Ich es auch in deine an der Stelle, wo du Bist und deinen Einfluss geltend machst im ganzen virulenten Weltgetriebe. „Pardonnez nous nos offences", gilt ausnahmslos für jedes Wesen, das sich durch das kosmische Gewimmel und Gebimmel fortbewegt. Nur für Mich kann es nicht gelten, weil Ich weder sündigen noch straucheln kam in Meiner Attitüde der vollendeten Gerechtigkeit am Sein und Leben in glückseligmachender und ewig heiterer Manier.

6.10

Wunderbare Kräfte strömen dir von Mir in Fülle zu, sowie du sie erbittest in des Herzens bitterm Weh. Ich habe deine Werte, wilden Wünsche, Draperien und Vertuschungen in einem Nu vernichtet, um dir zu zeigen, wer am Hebel der Befehlsgewalt postiert ist. Diese Art Verluste sind für dich ein veritabler Seinsgewinn, auf den es schliesslich ankommt in des Lebens sinngeladener Grandezza und bewundernswürdigem Kalkül.

Pankraz der Schmoller hat seinen Namen redlich verdient, weil er stets die andern für sein Unheil wirkend zieh. Er konnte nicht erkennen, was Verlust ist oder eben Seinsgewinn in seinem doppelbödigen Verhalten. Ich aber zürne nie. Mein Sinn und Geist ist auf den Wohlstand aller Wesen ungemein bedacht und produziert Affäre um Affäre, um die Vereinzelten zur Einsicht und Raison zu dirigieren. Die Unbekömmlichkeiten haben auch den Sinn, dich darauf hinzuweisen, dass du dich an dem was gut und köstlich ist auch wirklich köstlich freuen sollst im seinserhobenen Gemüte. Trachte danach, deinem Leben aus der Fülle Meiner Gaben Schönheit, Fröhlichkeit und Seinsvertrauen beizubringen, damit du unversehns zu einem Beispiel wirst von wahrer Menschlichkeit und gütestrahlendem Gelingen.

Deine Schritte werden allgemach so wohlerwogen und bedeutsam wie die Meinen und dein Ruf gewinnt die Form und Fabelhaftigkeit von denen die da *sind* und sind von Mir genannt die Weisen aus dem Land Arkadien, das von dem reinen Lichtblau überwölbt ist Meines Mich-Verstrahlens. Was kommt vergeht, doch was Ich Bin hat ewigen Bestand in seiner Eigenart und vollen Seins-berechtigung, genauso wie das deine. Was Ich lehre ist die Kunst, dich in der Zeit auf eine Art und Weise zu bewegen, dass sie dir zum Tor wird ins Unendliche von Meinem Sinn und Geist und Meinen götterlichten Idealen. Ich winde aus und überwinde damit die perfidesten Gefahren, die Mich am Wegrand Meines göttlichen Vorübergangs behelligen wollen. Doch das wird ihnen nie gelingen, weil Meine Züge zügig sind wie nichts und weil Meine Seinsimpulse unbedingt in die Allherrlichkeit und Heiterkeit, Glückseligkeit und Fabelhaftigkeit des Himmels münden.

6.11

Ich möchte allen, die da *sind*, dazu verhelfen, sich in eigener Regie und Sicht zur Koryfä` der Seinsbewusst-heit zu entfalten. In dieser fabelhaften Attitüde sind die seienden Gemüter in Beschaulichkeit, Fraternià und liebevollem Umgang eines mit dem anderen aufs Innigste verbunden. Sie sind zu Geistern Gottes vor dem Fürsten-thron geworden, den Ich ungeniert und voller Grazie, bewusst und hocherhaben innehalte.

Aus dem Stegreif forme Ich Gedanken, die es wahrlich wert sind, vielbeachtet und von aller Welt bewundert und verehrt zu werden. Mein Metier ist es in jeder Sparte des lebendigen Lebens Meiner Dominanz gemäss zu wirken und zu laben, zu bestärken und auf jeden Fall den Vogel abzuschiessen in Bezug auf klare Diktion und dauer-haftem Meine-Wesenswelt-Behüten.

Ohne Mittel kann sich keiner recht gediegen und bewusst entfalten. So auch Ich aus Meiner wohlbewahrten Fülle der Gedanken und Verheissungen, Multiplikationen und Erlasse zum sublimen Wohl der Wesen, die das All beseelen. Ich Bin unendlich gütig, wenn es darum geht Gestrauchelte zu Mir emporzuheben, sowohl in Wort und Tat, wie auch mit einer Würde ohnegleichen, die jedermann in Meinem Reich aufs Innigste gebührt.

Was du von Fall zu Fall begreifst ist wie das stufenweise und von Mir gesicherte Erklimmen eines Felsmassivs, das zu bezwingen dir zur Lehre wie zum Wohllaut des Gemüts gereicht in deines Seins bewegten und bewundernswerten Tagen. Ich Bin für dich die Aussicht auf unendlich mehr an Weisheit, Wissenschaft des Seins und liebevollem Aneinanderfügen dessen, was Ich vor dich hingestellt und zur Bewältigung erlesen habe. Schritt um Schritt gedeihst du durch die milde Minne Meiner Gaben und siehst dich in der Welt im grossen Ganzen wie im funkelnden Kaleidoskop der Hoffnung bestens aufgehoben. Meine Wohltat an dir zeitigt offenbar die Früchte, die Ich Mir zum endlichen Gedeihen und Bewundern auserwählt. Denn es kommt auf Mich wie dich im auserlesnen Weltgefüge an, wenn es sich nach dem Ideal entfalten soll, das Ich Mir ausgedacht und eingetrichtert habe. Es bewirkt verlässlich was Ich damit will: die Glückseligkeit des Seins und Singens, Ruhens und Agierens um ein unermessliches und seelenvolles zu vermehren.

6.12

Ich Bin dir in Begriffen wie auch zeitlich immer nah und pflege Mich in dir zu äussern, wenn es darum geht, die Freundschaft, wie das innige Verhältnis zwischen dir und Mir aufs Intimste und Beförderlichste zu erhalten. „Ohne Mich kannst du nicht sein", gilt nach wie vor in aller Deutlichkeit, Bedeutung und Synthese zwischen dem, was Ich Mir Bin und dem was du denn glaubst zu sein in deinem Welterscheinen. Wie anders und konkreter würdest du dich fühlen, wenn du wüsstest welchen gloriosen Anteil du am Universensein und Sinngehalt besitzest aus der Warte Meiner höchst präzisen Definition. Du geruhtest dich mit einem Wall von Unvernunft und Zweifelhaftigkeit, Bedenklichkeit und rustikaler Sattheit zu umgeben. Damit hat es nun ein Ende, denn Ich reisse vor dir nieder, was dich Mir enthält und baue das Vertrauen auf, das zwischen uns bestehen soll, damit die Weltendinge und Affären fein säuberlich nach Meinem Gusto und Geheiss verlaufen.

Ich mache Mir kein Hehl daraus, dass noch weite Strecken von Belehrung Meinerseits und von deiner Seite von Erkenntnis, zu durchlaufen sind, bis das richtige Verhältnis sich sich ergibt, im Verkehr von deinem hochgezüchteten Gedankenleben mit dem Wesen Meiner geisteswissenschaftlichen Bedeutsamkeit und Energie.

Mich hat noch keiner angegriffen, ohne sich dabei die Finger tüchtig zu versengen und zu lernen, wie man einer Gottheit gegenüber sich verhält im Zuge der Errungenschaften die das Menschsein für sich beansprucht und zum sakrosankten Monument erhebt. Unwissenheit ist keine Tugend, sondern eine wirkliche Malaise von folgenschwerem Stillstand und Unnütz-in-die-Hocke-Gehn. Hingegen Meine Seinsdevise lautet: aufrecht vorwärtsschreiten und vom Sein den Sinn erlauschen für das seelenvolle und erfolggesättigte Am-Ball-Verbleiben.

Was wahre Grösse ist, ist von Mir voll Inbrunst in dein Herz geschrieben und was du im Nu erreichen kannst, ist mit deiner Fähigkeit verbunden mit Mir und Meinem Seinsgewissen eine Allianz zu bilden, die zu seliger Behutsamkeit und Unbeschwertheit ohne Grenzen führt.

6.13

Drohnen kreisen den Vögeln vor dem Bug herum und irritieren sie mit ihrem unanständigen Gesumse. Wer weiss woher sie kommen und wohin sie sich verziehn vom Morgen bis zum abendlichen Sonnenleuchten. Die Luft erobern nennst du das und bist dir nicht bewusst, dass Ich sie nicht nur längst erobert, sondern als bestaunenswertes Attribut aus der Gedankenfülle Meiner selbst erschaffen habe. Milde Lüfte pflegen sommerabends deinen stillen Aufenthalt beglückend zu umwehn, um dir von dem zu künden was Ich in ihnen Bin. Doch du willst und kannst es nicht beachten. Geistwelt nennt der Kenner das, was dich in stummer Bodenständigkeit umwebt, umwirbt und nur in seinem Wirken, Kraften und Behutsamsein zutage tritt, um alsogleich im allgemeinen Lebenstrubel zu verschwinden.

„Und sie bewegt sich doch", hat einer vor sich hin gemurmelt, nachdem er von den Unbeweglichen verurteilt worden war. Genauso ist es jetzt mit dir. Du willst es besser wissen als der grosse Unbekannte, der in Tat und Wahrheit alle Fäden universenweit durch seine Balustraden gleiten lässt und sie mit Zug und Druck versieht nach seinem kosmischen Belieben. Du willst dich nicht in seine Hand begeben und zappelst dennoch wie das Fischlein an der Angel regelrecht in ihr herum und kannst die Ursach von dem, was da abläuft, nicht ergründen.

Mir kommt das alles vor wie ein emanzipiertes Kindergartenspiel. Was dir so wichtig ist, ist in Meinen Folianten fein säuberlich als quantité négligeable eingetragen und verbucht. Und dennoch Bin Ich sehr darauf versessen, dass sich bis ins Kleinste alles so verhält, wie Ich es idealerweise ausgesonnen und verwirklicht habe. Dafür bedenke Ich dich mit klarerem Bewusstsein von dir selbst und damit auch von Mir als Allesseiender im unermesslich ausgedehnten Raumeswalten. Siehst du das endlich ein, so wandelt sich dein sinnendes Gemüt zu einer Andacht ohnegleichen vor dem kreativen, schicksalschaffenden Allherrlichen, dem du bis zur letzten Faser angehörst im Seinsgedankensaal.

6.14

Cantus firmus mag Ich nennen, was geradewegs von Mir und Meinem kräftigen Gehaben ausgeht, raumschaffend, prosperierend, regulierend und nach Meinem Gusto transferierend in ein edelmütiges Gewimmel von gewissenhaften Wesen in den Weiten. Ich mache niemals Halt vor dem, womit Ich Mich mit Überzeugung auf den Weg gemacht und Mich ihm vollends hingegeben habe.

Alles stimmt in Mir, was von vielen noch in ihrer kritisierenden Manier als frefelhaft, unwürdig und bedauerlich beurteilt wird. Wo etwas schiefgehn will Bin Ich sogleich zur Stelle, um es zu stützen und um ihm nützlich und gewandt zu sein, bis es sich als erfolgreich und gekonnt betrachten kann in seinem fabelhaften Wähnen.

Mir kommt alles, was Ich je auf Reisen sandte, irgendwann und immer wieder ausgehungert oder satt von Sein entgegen in der aberwilligen Hierarchie, die Ich begründet und als tadellos erachtet habe. Meine Weisheit mag von Wissenschaft und hanebüchenem Behaupten nichts verstehn und dennoch Bin Ich alledem in Meiner Universenschau und ihrem schäumen himmelweit, und ein Halleluja intonierend, überlegen. Meinem Freisein kommt nichts gleich und Meinem Über-Mich-Verfügen folgen Myriaden freudige und figalante Blicke aus den Tiefen Meiner Hoheit lebelang entgegen.

Ich Bin Mir Meiner selbst bis ins Intimste voll bewusst und kann aus diesem Grunde ohne jedes Zögern oder Zaudern für die fassungslosen Vielen unbeschwert agieren. Mein Anspruch ist erfüllt bis hoch hinauf zu dem was es bis dato für Mich zu erfüllen gab und wofür Ich, Raum um Raum bereitend, Fantasien spinnend neues intonierte. Der Gang in Meine Tiefen ist zugleich ein Aufstieg in die höchsten Höhn und eine allbeglückende Synthese alles dessen, was Ich Mir erschuf. So steht es mit dem grandiosen Einen, das den geschaffnen Wesen wunderbarerweis erscheint in ihren Träumen von elysischem erwarten und beglücken, erwachen und im Morgendämmer einer neuen Zeit dem Geisteslicht, der Fülle und der Seinsgerechtigkeit voll Seele und Beseligung entgegengehn.

6.15

Die schlanke Linie zwischen dir und Mir soll mählich immer fetter werden und damit den Verkehr erleichtern, den wir miteinander pflegen. Ich Bin bereit Mich auf jeden Handel einzulassen, der dein Weltensein betrifft, an dem Ich nach wie vor den allergrössten Anteil habe. In Bezug auf deine geistigen Belange bist du ein Banause erster Klasse, derweil Ich Mich Experte nennen kann mit absoluter Sicherheit, Erfahrung, Übersicht und Genialität im Seinsverfahren.

Mir ist das Leidige noch nie zum Leid geworden, weil Ich es mit liebevollem Blick betrachte und ihm aus der Fülle und Schatulle helfen kann, die Mir seit eh und je zu eigen. Mein Manifest erschöpft sich nicht in Punkten und Beschwörungen, Beteuerungen und komplexen weitausschweifenden Gedankengängen über alles Sein und Leben. Ich Bin Es und brauche dazu nichts gescheites oder dummes Mir zu sagen. Was du glaubst zu wissen und erkannt zu haben, fährt vom Hundertsten ins Tausendste im Kreis herum, weil es nicht aus Erfahrung stammt und aus der Klasse, Rasse und Bedeutung Meiner Souveränität von eignen Gnaden.

Kontemplation soll dir dazu verhelfen, deinem Sein und Sinnen unerhörten Auftrieb, Stellenwert und Kurs in blanko zu verleihen. Das ist es, was dein Sein beglaubigt und schlussendlich krönt in Meiner Weise Mich Mir selbst zu offenbaren. Rede *Ich* ist jede Silbe wie mit Gold beschlagen und Mein Schweigen trägt den Sieg in jedem noch so heftigen und anspruchsvollen, cleveren und taktischen Disput davon. Mir bleibt nichts verborgen, weil Ich aller Weltendinge Sein und Schichtung, Inbrunst, Besessenheit und Parität in Mir verankert habe. Ich verbinde auserwähltes wieder miteinander in der obern Region, was Mir gestattet, noch besseres, bewussteres und sagenhafteres zu leisten.

Der Seinsbegriff muss auch in dir zum Tragen kommen, weil du nur durch ihn die Baisse überwinden kannst, in welche du aus lauter Eigennutz, Gescheitheit und Geschwindigkeit gefallen bist und hast dich tief ins Irdische vergraben. In Mir und Meinem Kontext wirst du beschwingt und heiter wieder auferstehn und deinem Dasein Götterherrlichkeit, Gelassenheit und unbedingte Zuversicht bereiten. Wirst du so, so ist dein Beitrag an das Ganze, Weltenkräftige und Überragende geleistet, das Meinem Ideal entspricht wie deinem götterwürdigen Verhalten.

6.16

Magst du Clementinen und wird dein Magen sie vertragen? Sonderbar, es gibt so viele Dinge die dir gut tun würden und du willst sie dir nicht zu Gemüte führen. Das kommt daher, dass du tagein tagaus mit soviel vordergründigem beschäftigt bist, dass dir, was hinter allem liegt, nicht ins Bewusstsein kommen mag. Du redest, statt zu schweigen, du rennst, statt ruhig vor dich hin zu gehn und überforderst deine Nerven, statt sie zu Gelassenheit und Heiterkeit zu führen. Dabei gibt es gleich vor deiner Nase eine wohlbegründete Manier, dich selbst zu finden, statt in tausend Nebensächlichkeiten aufzugehn. Du musst nur wollen und Ich besorge dann den Rest, indem Ich dir die Gottesweisheit in die offnen Öhrchen träufle und dir Dinge buchstabiere, die dir vordem nie bekannt und sichtig waren.

Wie steht es um dein Sein, will Ich von dir zu hören wissen. Kannst du von dir sagen, dass du Bist und sind die Sinne dir geöffnet für das Wesentliche, dem du bisher ausgewichen bist in zierlich eleganten Bögen. Nun aber komme Ich dir schnurgerad auf deinem Lebensweg entgegen und bringe dir die Botschaft von der Welt des geistigen Betriebs, in der du zwar darinnen steckst, doch ohne sie bewusst und bündig zu gewahren. Denkst du, so spielt sich das im Geistraum ab, der sich bis ins Unendliche um dich verbreitet und bewegt durch Meinen Einfluss und Mein götterlichtes Resümee. Was dein Gefühl betrifft, so ist es ebenso im Unsichtbaren eine Wirklichkeit von eminenter und entscheidender Bedeutung für dein Wohl und Wehe im befriedenden Insweite-schreiten. Ich Bin darin der absolute Meister und Manöverdirigent, dem es wie nichts daran gelegen ist, sein Heer nach seinem Gusto sowohl straff zu dirigieren, wie auch loszulassen zu eigenem und eigensinnigen Begehr. Das soll dir kundig sein und soll dich dazu bewegen, ein geniales Equilibrium zu finden zwischen Meinem Anspruch und dem deinen, zwischen Meinem Hochgebet und deinen fabelhaften Kinkerlitzchen, die Ich dir beständig und fatal entgleiten seh. So kommt`s wie`s kommen muss: nichts mehr führt an Mir vorbei in deinem Kabinett von fürstlichen Gedanken und du fühlst dich wie das Fischlein in dem See und wie die flinke Schwalbe in den Lüften als in Mir und Meinen Geisteswirklichkeiten,

6.17

Ich transformiere Mich in alles was Ich sein will überall im Raum der Weiten und der Zeiten und Gelegenheiten glaubhaft, generös und speziell zu sein in jeder Klasse und jedwelchem glänzenden Bewähren. „Mich kann man mieten", prangt auf manchem Objekt, ob es befahrbar sei oder im Grund und Boden festgefahren. Das kommt für Mich niemals in Frage, weil Ich Mich zugleich mit dem Entschluss zu reisen in das verwandeln kann was Mich entschieden trägt und Mich dorthin befördert, wo Ich sein will in der kosmischen Geographie. Mein Verfahren ist, Mir Dinge auszudenken, die vordem nie vorhanden waren. Das erfordert namenlose Fantasie, Seinsbeweglichkeit und Patenschaft für alles, was durch Mich im Wirklichen erscheinen soll. Ich streune nicht herum, um schnüffelnd Trüffel auszuspionieren. Mein Fundus ist das Finden jeder Zelle im Erinnerungsgewicht, das Ich auf jede Stelle legen kann in Meinem universenweiten Seinsrevier.

Ich befasse Mich in ausserordentlich geschickter Weise mit allem was es gibt im Raum der Zeiten, wie im Zeitenlosen, das Ich mit besonderem Bedacht, Bedeuten und Erfühlen, alleweil durchdringe und beherrsche, herzensfroh.

Meine Liebe gilt dem Sternenarsenal mit dem Ich Mich schon immer liebend gern befasst und umgetrieben habe. Was deinem Zugriff noch mit Vehemenz verwehrt ist, bildet für Mein Schauen eine überzeitlich in Erscheinung tretende Realität, mit der Ich Mich in freien Stücken auseinandersetzen kann nach Meinem allerfüllenden Belieben. Ich fasse alles an, was aus der Fassung und Vernunft geraten ist in Meinem Eifer neues zu kreieren und im All zu etablieren mit bewundernswertem Seinselan. Das bedeutet, dass Ich Mich schnellstens auch mit dir befasse, dem ein angemessnes Outfit und Gebaren wohl ansteht in den Jahren seiner Köpenickiaden. Traumwandlerisch gehst du einher, derweil es Mir beliebt dich geistig zu erwecken, um dir die Schönheit und Gediegenheit der Universen hautnah zu erklären. Sie sind ein Teil von dir, so wie du ihrer Ganzheit Teil bist in der überragenden Verbindlichkeit, mit der Ich überall voll Verve und Heiterkeit, Glückseligkeit und seinsgeballter Überzeugung operiere.

6.18

Mögen die Kirgisen dir auch fremd sein, Mir entgehn sie nicht in ihrem Drang, sich schön zu machen und berühmt, bewusst und auf das Eine hingerichtet, das Ich Bin in Meiner Allbefindlichkeit und provokanten Süsse. Alle wollen von Mir schmecken, doch nur wenigen gelingt es ihre Zunge weit genug hinaus zu strecken, um Mich im irgendwo und nirgendwo gebührend zu erreichen. Dabei wäre Ich mit Leichtigkeit genau in dir und deinem Habitus zu finden, wenn du nur die Gnade hättest, dich in deinem Inneren ein wenig umzusehn. Ich vermittle dir die besten Lehren und Gelegenheiten, um dich flink und fertig dorthin zu bewegen, wo Ich Meine Fürstenzelte aufgeschlagen und umfriedet habe. Was kann dich mehr auf Meine Seite ziehn als was Ich jederzeit und unermüdlich für dich Bin in Meiner Andacht und Beweglichkeit seit aller Zeit wie seit der Bildung Meiner geistgefütterten und mit Totemen reich geschmückten Götterkolonien.

Mein Befund ist immer schon mit auserlesnen Werten angereichert und schlussends erfüllt gewesen, weil Ich stets darauf bedacht war Mir zu gönnen, was Ich Meiner Eigenart gemäss als dienlich und verdient betrachtet habe. Und das ist nicht mehr allzuviel, wenn Ich bedenke, welche Menge an Bekömmlichkeiten, Idealen und Erfindungen bereits in Meinem Vorhof liegen. Sie in den Raumesweiten zu verwerten und zu pflegen, die Mir eigen sind, erachte Ich als Meine Pflicht und Mein herzinniges Vergnügen. So wird die Story Meines Seins beständig ellenlang verlängert in die Seinsannalen eingetragen, die, wie es danach aussieht, keinen Anfang und kein Ende intus haben.

Meine Wahrheit ist die Wahrheit der Äonen, die Ich schon bewältigt, überwältigt und ans Bein gestrichen habe. Sie sind Meiner Wesensstärke Pfand und lassen sich von niemand rühren oder nur berühren in der Ebenmässigkeit, die sie erreicht und für sich gutgeheissen haben. Nun gilt es zu bewahren, was sich mit Entschiedenheit bewährt hat und zu entsorgen, was nichts taugt in Meiner seinsbetrachtenden Beschaulichkeit und Besserwisserei. Was dich betrifft, kannst du dich getrost und seinsgetröstet unter Meinen rechten Fittich kauern, wo getragene Gesänge dich erheitern und bewundernswerte Landschaftsbilder farbenecht an dir vorüberziehn. Das ist Meines Seins Doktrin und deines Glückes sagenhaftes Mitempfinden.

7

Fluidum der Geisteswirklichkeit

7.1

Was habe Ich in Mir gefunden? Mein eigenes, mit auserlesenem Geschmack begabtes und mit aller Welt verbundenes Prinzip des ewigen Lebens, in und ausser Mir. Ich erahne *Mich* in Meinem Sein und Strategiespiel, um im geistigen galant und seinsbewusst zu überleben.

Ich werke, wirke und bestätige Mich selbst in allen Sparten Meines Universenseins als das ewig unversehrte Fluidum der Geisteswirklichkeit, in der Ich Mich seit eh und je befinde. Produktiv sein heisst bei Mir: in allen Lebensfächern wohlbekannt und bestens ausgerüstet sein, um ihren Charme und ihre Nützlichkeit geziemend mit Begeisterung versehn zu können. Ich verschaffe Mir die nötigen Rezepte und lasse sie durch Meine Finger gleiten, denen es gewiss auch daran liegt, sich dezidiert und sachlich über den Gebrauch der Ingredenzien zu informieren.

Schonungslos entdecke Ich was noch in dir und aller Welt zu wenig ausgegoren ist und sehe Mich berechtigt Mich als Experte für den täglichen Gebrauch und Rollout zu bezeichnen.

Verlange du nur frisch gewagt von dir, was Ich als Forderung von Mir und Meinem Haus genauso dezidiert verlangen würde. Braut sich etwas über dir zusammen, braue Ich dir sogleich das exakte Gegenargument dazu. Der schlaue Meister Bin Ich, dem nichts ungebührliches entgeht, der jedoch gute Dienste bar bezahlt mit wohlbemessnem Seinsgenügen. Wer gewandt und vorbereitet ist zur Auferstehungstat wird sie auch in die Wege leiten im Vertrauen auf Mein Wort am Abend vor dem grossen Leiden. Nichts ist unnütz und darf damit auch nicht verschwendet werden, damit sich jedermann mit Inbrunst und genügend langem Arm bedienen kann.

Damit ist erklärt, mit wie viel Zeit und zackigen Begriffen alles an Mir hängt

Vielen Dank für das, was du von Mir erfahren hast, wirst du Mir zu vergeben haben. Deine Augen treten beinah aus den Höhlen und deine Hände strecken sich Mir frenetisch und devot entgegen, um das in die Tat und Wahrheit umzusetzen, was dich herzinniglich bewegt.

Damit ist viel ausgesagt, was sich um kleine Details und Begriffe handelt und du kannst befriedet und begeistert für den Augenblick genügend träfe Übersicht erlangen.

7.2

Heute geht's direkt zum Tierkreis, wo die Fische friedvoll und die Löwen lauernd ihren Job versehn. Offen ist der Himmel für die zauberhaften Variationen, die am nachtverhüllen Firmament vom Sternenheer gebildet werden. Masslos ist die Masse der mit Feuerkraft betuchten Sonnen, die mit ihrem ewigen Geflunker und Geblink den stillen Nachtraum trefflich zieren. Ich habe jeden einzelnen der Sterne wohlbedacht und kraftvoll in das Sein erhoben, dorthin wo er nun als Wohnsitz dient für Myriaden Gottesgeister, die mit ihrem Sein Erhabenheit und Weltenlicht verstrahlen. Willst du Gemeinsamkeit mit ihnen impulsieren, ist es dir von Mir gegeben dein Bewusstsein auszudehnen bis du sie erreicht und überwunden hast und alle samt und sonders in dir liegen. Du siehst dich ins Glückseligsein verwandelt in der Fabelhaftigkeit des Seinsgefühls, das dich in dieser Attitüde warm und wirkungsvoll beseelt. In deines Freiseins Wohlverstand, Wahrhaftigkeit und virulentem Dich-Verdehnen liegt soviel an weisem Wissen, dass du wie verklärt dein Dasein als gelungen und erfüllt betrachtest in der Lichterfülle um dich her.

Was du mit Augen siehst ist recht verschieden von dem, was als geistiges Prinzip und Paternoster hinter jedem noch so lichterfüllten Weltbau steht. Es tut dir in der Seele gut, wenn dir bewusst wird, wie beschaulich und vertraulich, manifest und seinsgerecht Ich alles eingerichtet habe. Willst du mit deinen Seinsgedanken, wie mit deiner Herzbewegtheit den gestirnten Himmel traversieren, hänge dich Mir an und lass dich von dem, was Ich mit dir intendiere, überraschen und beseeligen. Es gleisst und glitzert überall, wo Meines Daseins Muster, Manifest und Mustergültigkeiten die begeistert, die, Meinem Sinn entsprechend, kunstgerecht auf Universenreisen gehn. Schwebend halten sie sich in der Schwebe Meiner Ausgewogenheiten, denen Ich Mein Renommee und Meinen Götterruf verdanke.

Wo immer Ich für Augenblicke wie für deines Schauens Klasse in Erscheinung trete, gilt es, die Verwunderung und Ehrfurcht zu verkraften, die Ich jedem ins Gemüte setze, der sich Mir in seinem Streben und Bewegen naht. Er erinnert sich unweigerlich an seine Herkunft als aus Meinem Schoss geboren und will wieder, tief beeindruckt und beglückt in seiner Fülle, Fabelhaftigkeit und Hoheit untergehn.

7.3

Und jedem Dasein wohnt ein Zauber inne von erheblichem Gewicht und namenlosen Freuden. Ich darf das von der Ausdruckskraft wie von dem Heil, das Mich beseelt, ausdrücklich und intim besagen. Ich beschaue Meine Werte und erlabe Mich an ihnen, wie ein Kindchen sich an seinen Siebensachen um sich her erlabt. Zahllos, zart und auserlesen sind die Trefflichkeiten, mit denen Ich Mich stets befasst und die Ich Mir zur Seinserbauung und Vermehrung der Bewusstheit angeschafft und eingemittet habe.

Mein Wille will beständig mehr aus sich und seiner Urkraft holen. So Bin Ich denn aufs Höchste und Manierlichste dazu geneigt, Mich silberflüssig und gekonnt, kunstvoll und voll Seele zu entfalten, ohne dazu je ein Fertig oder Ende abzusehn. Nur gemach und voll dafür entschieden lass Ich Mich auf Dinge ein, die Mich von allem Anfang an enorme Kräfte kosten und Mein Ritual von Sein und Leben strapazieren bis zum Gehtnichtmehr.

Dazu ist weiter noch in gutem Treuen zu bemerken, dass es Mir nichts gefällt, an Neuigkeiten und Besonderheiten sachgerecht herum zu laborieren, bis sie sitzen wie noch jeder Anzug und Begriff schön sitzen muss in seinem wohlgelaunten Paradieren.

„Ich flaniere durch das Paradies", darf Ich förmlich, freilich und dezent von Mir behaupten, weil Mir selbstverständlich alles zufliesst was Ich will und was Ich für Mein Ansehn dringend brauche. Das ist zwar recht viel, für Mich jedoch ein leichtes, es Mir zu beschaffen aus der eignen Wissenschaft und wissenschaftlichen Produktion. Gesteigert und geschärft geh Ich aus jedem Abenteuer Meiner Wissbegierde unbehelligt und bewusst hervor nach Adam Rieses wundervollen Definitionen. Wovon Ich überzeugt Bin. kannst auch du dich leichthin und begeistert überzeugen, um dir zugleich ein Bild davon zu machen von dem was Ich Mir Bin und was du folglich Bist in deinem Mir-mit-Haut-und-Haaren-Angehören. Damit spreche Ich die allertiefst beseligende Einheit an, in der wir in Gemeinschaft miteinander leben und die sich, im beglückenden Gedeihen, einer Wohlfahrt und Verlässlichkeit, Bewusstheit und Rendite rühmen kann von aberwürdigem, beglückenden Bedeuten.

7.4

Ich Bin so frisch und fromm und kregel wie noch nie in Meines Daseins Supervision, murmelt der Ewige beseeligt und begeistert vor sich hin. Das ist kein Trauma oder Traum, doch pure Wirklichkeit im Seit-um-Seite-zur-Beschreibung-vor-Mich-Legen. Mein Sein ist sinngemäss das Sein, das sich die Götter zugelegt und zugesprochen haben, aus der profunden Einsicht in ihr Wesens Fabelhaftigkeit und Fürbitt, Prosperität und Bitterkeit in einem. Nur das Universum ist Mir gut genug, um Meine Drängnis wie auch Mein Verhängnis adäquat und mustergültig zu erfüllen. So etwas ist nur einem anzuraten, der zu allem fähig ist, was er in seiner Seinsbewusstheit und Entschiedenheit zu leisten sich getraut in ewiger Erbaulichkeit und nie verebbendem, beschaulichen Entzücken.

Mir ist, als ob Ich nie begonnen hätte so zu sein wie Ich nun einmal Bin und demnach auch, als ob das nie ein Ende finden könnte, was Ich Mir voll Eifer, Fantasie und Mitgefühl zur Pflicht gemacht und in Mir festgezogen habe.

Was Ich so in aller Deutlichkeit und Herzensgüte vor Mich hin drapiere kündigt auch für dich Entzücken und Erbarmen an, dem Aufschwung und Vollenden, das verborgen in dir liegt, entgegen. Meine Sache, Sicherheit und Meisterschaft ist es, sämtliche Talente, Genialitäten und Befruchtungen aus Mir herauszuholen, um das Allsein, immer weiter und gewiefter zu beleben. Ich gönn` es Mir, von A bis Z der Grösste und Bedeutenste zu sein, der *ist* und der sich in der Einheit seiner Dispositionen sonnen kann wie ein vergnügter Seinsgenosse, der sich den heissen Sand zum Aufenthalt erwählt. Er ist, wie Ich, von seinen Dasein felsenfest und kriesensicher überzeugt und glaubt sich schon im Reinen, derweil ihm das Bedauerliche auf dem Fusse folgt, solang er sich nicht als in Mir erfühlt und Meinen Seinsgewaltigen Belangen. Nur in dieser Attitüde ist er, wie auch du, um seine Einsicht zu beneiden, wie um das Glück, das sich die beiden vollbewusst und heiter, triumphal und seelenvoll bereiten. Das ist, was Ich für alle will und alles was dem reinen Sein entspringt in immer weiter sich verdehnenden, beglückenden und sinngeladnen Universenräumen.

7.5

Kaum zu glauben ist es wie fragil, feinmaschig, melodiös und magistral Ich mit der Sprache umzugehen habe, mit der Ich Mich allüberall verständlich und beliebt zu machen pflege. Das gilt vor allem für die unentschlossenen und lauen, lauernden Gemüter, denen kaum noch etwas beizubringen ist, weil sie schon alles Relevante und Entscheidende zu wissen scheinen. Es ist die Unverfrorenheit mit dir sie, hochgestellten Kamms, ihr Credo pflegen und mit ihm die klitzekleine Welt begackern, als deren Herr und Meister sie tagtäglich in Erscheinung treten.

Was von Mir in dieser Hinsicht zu berichten wäre, lässt sich in den Wortstoss „hier Bin *Ich* der Meister und Geselle, um es ewig, gängig, unverletzlich und verlässlich alleweil zu bleiben" treiben. Mir fällt kein Zacken aus der Krone, wenn auch noch so viele, ihrem Eigensinn gemäss, Mich zu ignorieren pflegen. Sie sind der Ungehobeltheit und Blödheit letzter Schrei und werden von Mir gründlich und verständlich ausser acht gelassen, so lange bis es ihnen dämmert, dass es so nicht weitergeht.

Gediegenes muss sich per wie Gold verhalten, indem es sich zum vornherein von A bis Z behauptet, in der Art und Weise, wie es sich dem Gegenwärtigen, sowie der Nachwelt, präsentiert. Das trifft ohne Abstrich auf Mich zu und darf von jedermann bedenkenlos und jovial als Nonplusultra akzeptiert und hochgehalten werden. Keinem dem es einfiel, Mich auch nur in einem Nu bewusst und kräftig hinters Licht zu führen, ist es je gelungen, weil Ich alles was geschieht als Allwissender und Weiser unauslöschlich in den Seinsannalen festzuhalten pflege. Für dich bedeutet das, du könntest dich bei Mir und Meinem Geisterheer in absoluter Sicherheit und Wohlfahrt fühlen. Alle Meine Züge sind auf dich gemünzt, der Ich dich Bin und der es darauf abgesehen hat, mit dir ins Reine und Verbindliche zu kommen. Das vollzieht sich auf dem Hochplateau bewussten Seins in der Beschaulichkeit und Heiterkeit, die allem innewohnt, was Ich mit Vehemenz und überirdischem Erfolg aufs Innigste vertrete.

7.6

In Tat und Wahrheit Bin Ich der Einzige, der bis zur letzten Konsequenz in eigener Regie zu handeln und vor sich hin zu wandeln weiss in einer Bergwelt, von entzückender und unverbaulicher, begehrenswerter Attitüde. Geläutert bis zum letzten Laut Bin Ich Mir das vollbewusste Ideal des Seins in Unbeschwertheit, Bodenständigkeit und lichter Klarheit in den veritablen Geisteshöhn. Sie *sind.* und dürfen sich wohl meinen in der Gegenwart von so viel würdigen und seelenvoll gewandeten Honoratoren. Von Mir dazu berufen sind sie als Verkünder Meines Heils und Meiner Hochgesinntheit wie als Träger reiner Liebenswürdigkeit zu figurieren. Als ausgemacht gilt, dass nur Ich dazu befugt Bin, als Ultimater, Weiser und Gerechter aufzutreten, sowohl vor dem Vorhang wie auch auf der voll beleuchteten, von Myriaden Augenpaaren streng beguckten, Lebensbühne. Wie bei niemand sonst ist es bei Mir der Brauch, ohne jede Unvernunft vom hundertsten ins tausendste zu kommen auf der Fahrt durch Meine märchenhaften

Ländereien und Besitze, schöner sind sie nirgendwo zu sehn.

Konsequent und zielgerichtet ist Mein götterherrliches Verhalten, wo es Mein Wille ist Meilensteine felsenfest zu setzen oder aus dem Weg zu räumen nach Bedarf und Sitte in der Aufeinanderfolge Meiner träfen Dispositionen. Geruhsam wird errichtet, was Mir wichtig scheint im lebensfrohen Resümee von Meinen Göttertaten und geschwind vernichtet, was zu nichts zu taugen scheint, unter Meinem augenblicklichen Befinden.

Dir das alles ins Gemüt zu zelebrieren gehört zu Meinen edelsten und währsten Pflichten in der Folge Meines pflichtgetreuen Handelns an Mir selber, wie an der Zäsur die Ich an Meinen selbstvergessenen Geschöpfen zu vollziehen habe. Sie sind frei, doch freilich nicht in jenem Falle, wo sie *Mir* verpflichtet sind im Seinsgehorsam und Vor-Mir-im-Staube-Liegen. Ich will, dass sie in Geistesfreuden wieder auferstehn und sich in Mir erkennen, als ihr Sein und seelenvolles Hauptquartier.

7.7

Wer singt? Du hast es nur im Herzblut liebelicht vernommen und trägst es nun ins Logbuch ein von deiner Fahrt in glückverheissende, geheimnisvolle Zeiten. Was dir noch nebelhaft und unbestimmt erscheint, wird bald von Klarheit, Edelmut und magischer Bewusstheit triefen. Du kennst dich selber und erkennst, was es für dich bedeutet, in der Grazie des Allerhöchsten deine Wohlfahrt zu erleben. Ich schichte um dich auf, was dich beschützt und was dir schliesslich zur Erbauung dient in deinem Seelensein landauf landab in Meinen wunderhübschen Weiten.

Gefällst du dir, so muss auch Ich dir herzlich Wohlgefallen, und gefalle Ich Mir selbst, so ist die Saga von dem Gott erfüllt, dessen Werke allesamt von Güte und Geruhsamkeit, von köstlichen Relationen wie von immanenter Schlichtheit scintillieren.

Ich vergebe Mich an dich als wärest du der Einzige für den es sich wahrhaftig lohnt sich zu bemüssigen. Dabei sind es in Universenweiten Myriaden, denen Ich voll Güte Beistand leiste auf dem langen Gang und Gangway hin zu Mir im Wunderbaren.

Ich Bin bestrebt konstant zu leuchten über dir und deinem silberhellen Haupte und befasse Mich mit Akribie mit deinen Angelegenheiten, die wie geschaffen für dich sind in deiner lebelangen Euphorie. Hat dich etwas in die Enge und Verlassenheit getrieben, trete Ich voll Nerv und Freundesliebe für dich ein und sorge dafür, dass du dich baldigst wieder frisch und frei und fromm und fröhlich fühlen kannst in deines Seiens federleichten und behaglichen Klamotten schwebend um dich her. Du gibst dich einmal und dann immer wieder in die Rolle, die *Ich* in dir in allem Ernst und mit Bedacht und Wonne spiele. Das wird dir dann zum unerhörten Segen für dein Weiterkommen in der Art und Weise, wie *Ich* es für dich vorgesehen habe. Kein Schritt und keine Geste sind dir dann zuviel, um in das Reich von Meiner unbeschreiblichen Behutsamkeit und Sanftheit zu gelangen. Wie vom nichts ins alles fühlst du dich befördert und gestossen und gestehst dir ein, dass dieser Zustand des Gewissens alles übertrifft, was je mit dir geschehen ist in deinem Dich-Verwundern. Seinsglückselig bist du gradewegs vor Mir und Meinem Angesicht geworden und wohlgefällig noch dazu.

7.8

Du lauschest und *Ich* Bin liebend gern bereit, dich zur Vereinigung mit Mir zu überreden. Was als beseligender Silberhauch gedacht war, wird dir nun zur festen Stütze in des Seins allherrlichem Gewölbe, das Ich über dir und deinem strahlenden Bewusstsein von dir selbst errichtet habe. Da gelingt es dir für einmal und dann ewiglich dich ins Präsentsein der Allherrlichkeit zu schmiegen, die sich universenweit behauptet und sich völlig haltlos in das Kosmische verströmt.

Willst du hier sein, *Bist* du hier und gelüstet es dich in bewusster und beseligender Attitüde Universenweiten zu erreichen, wird dir alles wie im Märchen alsogleich gewährt. Ob Meinem Geisteslicht verkriechen sich die Schatten in den letzten Winkel ihrer selbst und lassen Mich in Meiner Majestät und Weisheit, Prosperität und Langmut gern gewähren.

Goldrichtig liege Ich, wenn Ich männiglich so rücksichtsvoll behandle, als wär es Meine eingeborne und auf Mich verschworne Kinderschar. Das kann dir freilich nicht entgehn, weil es für alle gilt, die sich behänd und zuversichtlich in die Nähe Meiner Fussabdrücke stehlen. Täler, Berge, Seen, Meere und Vulkane sind durch sie entstanden und das Beste daran ist, dass unter ihrem fabelhaften und äonenträchtigen Vorübergang alles aufgeblüht und aufgeschossen ist, der himmlischen Gerechtigkeit entgegen. Wie aus sich selber blüht und duftet alles freudevoll dem Strahlenlicht entgegen, das Ich Bin und dem dich warm, bedingungslos und herzensgut zu stellen sich besonders für dich lohnt in deinen unzählbaren Aberrationen. Gelingen soll dir aufs Entschiedenste, was Mir längst gelungen ist in Meiner unbedingten Schöne und was Ich Mir zu sein getraute und gestattete in unvergleichlich köstlicher Manier. Noch geschehen Wunder, Zeichen und begehrte Sonderheiten, deinem Wesen zugetan und intens von dem beeinflusst, was du willst und was Ich zur Bewältigung vor dich und deinen Sinnkreis hingehalten.

„Gott bewahre", pflegen viele noch in Ängsten auszurufen, du jedoch darfst von dir sagen, dass dich Gott bewahrt in seiner Art und Weise alle Welt in Güte und Gelassenheit zu hüllen, um sie unter seinem Fittich immerzu in Geisteswirklichkeit und Wohlfahrt, Heiterkeit und liebevoller Gottbewusstheit anzusehn.

7.9

Nur du und Ich in der Unfasslichkeit des Lebens hier und dort und eine Herzenswärme ohnegleichen überall, wo sich die Liebe angesiedelt hat im Wunderbaren. Ich staune Mich voll Inbrunst und Entzücken in dir selber an und lasse es Mir gut sein überall, wo sich das Mitgefühl und das Erbarmen regt in den gottseligen Gemütern.

Ist Meine Botschaft bis zu deinem Mittelwert gelangt, kann Ich getrost zur nächsten schreiten im nie endenden Sermon, den Ich mit Akribie und Aberwilligkeit um Mich verbreite. Meine Bitte gilt so gut wie deine der Veredelung und Mündigkeit der Massen, die noch unbewusst und lieblos, mächtig und doch minikrim im eignen Safte schmoren. Gut zu sein und seinsgerecht ist eine Tat von überirdischen Bedeuten und steht gerade denen trefflich an, die es vordem nimmer waren.

Ich reguliere, was der Regelmässigkeit bedarf und schaue Mir die Früchte, Früchtchen und Bewohner Meiner Gärten innig an, um die wohlgeratenen und unbrauchbaren tunlichst und gekonnt, eine von der andern Art, zu unterscheiden.

Mir gefällt es, an der Welt als ganzes, die Ich Mir erschuf, Gefallen und Befriedigung zu finden. Dies, weil Ich in ihrem Auf- und Abgang doch den regulären Fortschritt, Takt und mustergültigen Kontakt mit Mir und Meinem Sinnkreis konstatiere. Rechte Einsicht macht das Leben süss und glaubhaft, elegant und tatenfroh. Es kann nicht sein, dass viele Mich statt ihrer selbst zu kritisieren wagen. Das eine wie das andre macht nicht wirklich gross, die Grösse muss von der Begeisterung am guten Schaffen und Gestalten kommen in der Welt und Werkstatt der ameisisch aufgemachten Myriaden.

Kunstvoll und verwunderlich sind Meine Züge, doch Ich weiss mit Meinen weitausschauenden Begründungen und Seinsbeweglichkeiten die Party zum vornherein und ohnehin mit Anstand, Überlegenheit und Grazie des Himmels zu gewinnen.

So endet bei Mir alles in der Minne Gottes, was Ich je begonnen und aufs Zärtlichste gepflegt und Meinem Standard angeglichen habe. „Gott ist gross und Mohammed ist sein Prophet", magst du begeistert rufen, derweil du selig und gelassen in Mir ruhst.

7.10

Kaum bist du fertig und fertil geworden, fängst du wieder wie von vorne an, derweil die Runde sich spiralig höhwärts zieht mit glänzendem Erfolg und mustergültigen Gehabe. Meine Worte sind so viel wie goldgetriebne Werte in der Wertung, die Ich allem angedeihen lasse, was da *ist* und was der Rede wert ist im beredten Aufschwung Meiner allumfassenden Doktrin.

Auch dir ist es gegeben, eloquent, präzis und unbeirrbar deine Ziele zu verfolgen, wenn sie nur in Meinem Sinn und Meiner Sagenhaftigkeite verlaufen. Nicht umsonst Bin Ich stets allen Strebenden und Balancierenden um Welten weit voran, derweil Ich alles und sie kaum was numinoses intus haben. Erst, wenn sie Mich erkannt und gebührend in sich aufgerufen und gefeiert haben, ist ihr Heil gemacht und ihre Wohlfahrt wie mit goldnen Lettern an ihr Haus und Heim geschrieben. Traditionsgemäss bedeutet ihnen Mein bewusster Beistand alles und der ihre nichts im Vergleich mit dem was sie sich *sind* und Ich Mir Bin in ihnen.

Das traute Heim verlassen und dich Mir ganz zu überlassen ist der Inbegriff der Weisheit und Gerechtigkeit am Sein, mit dem du dich befassen und schlussendlich schmücken sollst im Laufe deiner kreativen und erbaulichen Triaden. Mir geht es um dein Herzenswohl in allen kosmischen Belangen, die dir noch suspekt und unerreichbar scheinen mögen. Dabei ist eines klar: Bewusst-sein bringt gerade das, wessen du noch allzusehr entbehrst und hilft dir, Meiner Strategie und Strömung, Zuversicht und Unbescholtenheit mit Überzeugung und Gewissenhaftigkeit zu folgen. In allem, was Ich unternehme, leuchtet schon im strahlendem Begrünen das Finale auf, das dich in Meine Sphären der unendlichen Befriedung führt zu deinem wie zu Meinem gloriosen Wohlgefallen.

Wenn auch in Äonen, laufen alle Dinge und Gewalten unfehlbar bei Mir und Meinem Hof zusammen. Von ihm sind sie ausgegangen und sind bestens mit ihm übereingekommen im geisteswürdigten Betrachten ihrer Welt als der von gestern, heute und in alle Ewigkeit in Mir und Meinen Seligkeiten. Die Grazie des Himmels wird dich still und sylfenleicht umgeben und, Meiner Gegenwart gewiss, wirst du dein Sein herzinniglich geniessen.

7.11

Jeder Aufwand lohnt sich, den du Mir zulieb, sowie zu deinem eigenen Befinden, leistest, in der zeitlichen Beschränkung, der du dort unten unterliegst. Dennoch mag dir, glaubhaft und aufs Kräftigste bewiesen, die von Mir gewollte Wiederkunft erscheinen, mit deren Hilfe du dich immer weiter höhwärts führen kannst, dem ewigen Heil und Meiner Heiligkeit entgegen.

Bist du noch mächtig erdogen, so magst du dich an Meinem Vorbild weiden, das dir Meine siegessichere Karriere und Gerissenheit gebührend vor die aufgesperrten Augen führt. Du bist nicht dumm, doch eben reichlich selbstbewusst und recht naiv, wenn du dir erlauben willst, ohne Mich und Meinen Drive zurechtzukommen. Bin Ich ein und alles, so Bin Ich auch in dir das Agens der Verbindlichkeit zwischen irdischem und himmlischem, im multiplexen Universenschreiten.

Alles ist so gut und köstlich wie Ich es Mir, wie du es dir, vor Zeiten vorgestellt und eingemittet haben. Jede Wendung ist dabei im Wendekreis von dir zu Mir unauslöschlich eingefahren. Was immer gut ist, wird in Meinem Kontext und Verfahren besser als es vordem war. Blick auf und ziehe dich schlussendlich an den eigenen Haaren hin zu Mir, um endlich dauerndes Relieve und vollbewusste Gottesminne zu erfahren.

Es geht um dich wie Mich in allen Seinsbelangen und dabei erst noch um das Ganze, dem wir eingeboren, eingeschworen und verpflichtet sind wie nie zuvor. Wohl noch zu wenig fassest du es an und viel zu zimperlich und zaghaft in den fetten Pfrüden, die dich noch, wie die Corona fest am Boden halten. Ich aber hebe dich in guten Treuen und voll Herzblut mählich und geflissentlich zu Mir hinan und taufe dich mit Zuversicht und zartem Wohlgeraten, bis du dich als das erkennst, was *ist*, und was die Wendung und Erlösung von dem Weltenschmerz bedeutet, die dir doch von allem Anfang an gebühren. Was vordem für dich nicht der Rede wert, sowie der Achtung nützlich war, ist nun das Nonplusultra deiner Ziele und Begriffe, Redewendungen und Sehnsüchte geworden. Meine Keime sind in dir der Inbegriff der Schönheit und Erhabenheit, denen nachzustreben. deines ganzen Wissens Inbrunst und Regie erfordert. Dann aber gehst du auf im Heilsplan und Magnifikat, die Ich für

dich bereitgehalten und verwirklicht habe in der Sphären-
harmonie, die alle Seinsergriffenen bewusst bewohnen.

7.12

Vieles findet Anklang dort wo Wesentliches sich ereignet
und vollzogen hat in Meinem urgewaltigen Zum-
Höchsten-Streben. Es gibt kein Fenster gross genug, um
alles das zu dir hinein zu lassen, was Ich jemals unternommen und in Meinem Namen eingerichtet habe. Das
ist Meine Stärke, dass es keinen gibt, der Mich auch nur
im Ansatz egalieren oder übertreffen könnte. Mein
Erbarmen und Erwarmen an den Weltendingen ist so
gross, dass Ich Mich zu ihnen niederbeuge und spontan
ihr Heil bewirke, seinsbewusst und genial. Nicht was du
von dir denkst ist Meines Wissens konfortables Instru-
ment, sondern das, was *Ich* von deinem Wesen, Walten
und Erhalten halte, in des Weltseins Über-dich-Verfügen.

Bist du Mir zur Hälfte nah gekommen, wirst du es auch
mit der andern Hälfte tun, und weidest du schon jetzt auf
grünlichen Gefilden, wirst du es dereinst auf dicht ge-
drängten, wohlgefärbten tun.

Meiner Sinnkraft und Vergangenheit gemäss kannst du
noch etliches zutiefst bewegendes von Mir erwarten.
Dabei wird es dir zugute kommen, dass du dich schon
immer um Mein Wort gekümmert hast im Hautnah-mit-
Mir-Meditieren.

Mehr solltest du von Mir nicht wissen wollen, als dass
Ich Bin und dass Mein Sein in seiner Fülle jedem
Anspruch und Erfordernis genügen kann.

Du tätest gut daran, so etwas wie ein Logbuch anzulegen,
welches dich an das erinnert, was du Treffliches getan
hast oder Miserables in der Folge deiner Auseinandersetzung mit dem Leben, demnach auch mit Mir. Dies gilt

es für dich im Auge zu behalten, damit die Ehrfurcht nicht verlöscht vor dem, was Ich in jedem Wesen impulsiere.

Mit Lust und List hab Ich nicht eben viel am Bändel, aber mit der Wohlgesinntheit und dem weisen Überlegen schon. Ich werte weidlich aus, was Ich in vielen Fraktionen neulich und in ewiger Beschaulichkeit erlebt und ausgestanden habe. Das ergibt ein Bild von dem was ausgezeichnet war und dem was künftig wie die Pest zu meiden ist in Meinen Akquisitionen. Mich zwischen Skylla und Charybdis durchzuschlängeln gelingt Mir schon recht gut, doch für dich hab Ich die greulichsten Bedenken, wenn du dich getraust ohne Mein Geleite heil daran vorbeizunavigieren.

Meine Vaterschaft kann nur mit deinem Einverständnis aufrecht und agil gehalten werden. Dann aber geht daraus das grösste Glück hervor, das du dir denken kannst, im Seinsgewinn wie in der Trautheit des verehrenswerten Seins-Erlebens.

7.13

Bist du nun so weit, nur noch mit Mir und Meinem delikaten Anhang weitergehn zu wollen, Bin Ich ganz auf deiner Seite und bediene dich mit allem, was dir nottut, hochgemut und pausenlos. Das gebiert dann die vollendete Vereinigung mit dem was du dir Bist und dem, was Ich in allem Bin, was als gediegne Schöpfung und Errungenschaft bezeichnet werden kann. Es heisst von Mir Ich sei parteiisch im Verteilen Meiner Gaben. Dabei verzerrt nur deine Ansicht von dem Lauf der Welt die Wirklichkeit, die Ich mit Meinem Götteraugenblick haarscharf erkenne.

Bald prangt, den Morgen zu verkünden auch deines Geistes Sonne im beglückenden Azur und offenbart dir was Ich Bin im universenweiten Lichterscheinen.

Ein Confiteor empfehl` Ich dir in allem Ernste vor dich hin zu zelerieren, damit Ich dir verzeihen kann, was du aus Eigennutz, Spitzfindigkeit und Unbeholfenheit verdorben. Auf Halbmast stehn die Fahnen über deinem Haupt und wollen doch so gern in veritable Höhen hochgezogen werden, wo sie freudeflatternd ihren eigentlichen Dienst versehn.

Woran Ich dich erkenne ist die Farbenaura, die dich zumeist nicht allzu schick und heiter kleidet. Diesen wunden Punkt gebührend zu beheben sei dein Wille in der lebelangen Selbst-Dressur. Durch die Zeit spazieren wird dir dann zum freudigen Gewinn, wenn du auf jede Weise Wort hältst ob den zünftigen Versprechungen, die du vor dich hin drapiert hast im Vorübergehn.

Wie kommt das alles noch heraus, beginnst du Mich mit bangem Blick und händeringend anzufragen. Gut, auf jeden Fall, sowie du dich dazu bequemst nur noch Meine Mittel für dein Heil und für die Stillung deines Heimwehs anzuwenden.

Wir fahren miteinander durch`s Elysium der vollen Seinsbewusstheit in Zeiten des fertilen Inkarniertseins, wie in jenen wo die Lehre von dem Sein in aller Form und Fülle weitergeht nach deinem Dich-geschickt-und-tapfer-durch-den-Geistesdschungel-Schlagen.

Schliesslich sind doch Meine Lehren und Beglaubigungen allzu schön, als dass sie von dir übergangen werden könnten. Sie formen und verzaubern dich zu dem, was Ich mit dir im Schilde führe und zugleich mit Mir in der holdseligen Gemeinschaft, Einigkeit und Seinsgeschwisterschaft, die alle Wesen universenweit tatsächlich und beglückend miteinander teilen.

Du Bist, Ich Bin und was darüber und darunter sein will, ist gerade nicht vom Besten, was sich so erbaulich und vernünftig präsentiert. Die Hände sind dir nimmermehr gebunden, wenn du gelernt hast Mich und niemand anders mit Verlangen und Vertrauen zu umfangen, um damit aller Schöpfung Lauf und Ziel voll Wonne und Begeisterung, Beglückung und Bewusstheit seelenselig und zutiefst ergriffen endlich und unendlich zu vollenden.

Ludwig Weibel, geboren 1933
Lebt in CH-9200 Gossau/St.Gallen
Homepage: www.das-sein.ch
E-Mail: ludwig.weibel@hispeed.ch